리빠똥

장군

김용성

청소년 현대문학선 024

리빠똥 장군

문이당

●●●

청소년 판을 내면서

아, 선생님, 소설이란 큰 길 위를 오가는 거울입니다. 이 거울은 어떤 때는 하늘의 파란 빛을 우리에게 비춰 주고, 어떤 때는 길의 진흙 수렁을 비춰 줍니다. (중략) 그 거울이 진흙 수렁을 보여 주면 당신은 그 거울을 비난하는 겁니다! 차라리 거울을 비난하지 말고 수렁이 있는 길을, 또한 물이 썩어 진창이 되도록 방임한 검찰관을 비난하십시오.

이것은 『적과 흑』이란 소설로 유명한 19세기 프랑스의 대문호 스탕달의 말입니다. 소설의 사회적 기능을 언급한 것이지요. 또 있지요. 20세기의 실존주의 철학자이자 소설가이기도 한 사르트르는 문학을 하는 이유를 인간들의 자유에 호소하고 인간적 자유 지배를 실현하며 유지하기 위해서라고 했습니다. 이른바 문학의 사회 참여적인 기능을 지적한 것입니다.

하지만, 문학의 기능을 사회적인 측면에서 바라보지 않는 문학인들도 많이 있습니다. 그 대표적인 사람으로 19세기 말 소설가 · 시인 · 극작가 · 문예 비평가로 다양한 분야에서 활동했던 아일랜드 인 오스카

와일드를 들 수 있습니다. 그는 예술이 인생을 모방하는 것이 아니라 "인생이 예술을 모방한다"고 말한 유미주의자입니다. 그는 또, 예술 가의 사명은 아름다움을 창조하는 것이지 윤리적 공감을 얻기 위해서 쓰는 것은 매너리즘에 지나지 않는다고 주장했습니다. 말하자면, 문 학의 사회적 기능을 무시하고 미적 기능을 강조한 것이지요.

문학에 관심이 있는 사람들은 대충 알 만한 얘기를 왜 하는가 하는 의문이 들 수도 있겠지요. 내가 어느 편에 서 있나 하는 것을 알기 쉽 게 전하기 위해섭니다. 내가 지금까지 써온 작품들을 돌이켜 보면 아 무래도 전자에 속한다고 하겠습니다. 미적 가치를 도외시하려고 한 것은 아니지만 불우한 소년 시절을 보내면서 성장해 온 환경이라든 가 그로 말미암아 후천적으로 형성된 성격 탓일 겁니다.

여기에 실은 작품들은 1970년대와 1980년대 초에 발표한 것들입 니다. 청소년 시절부터 소설 공부를 했던 나로서는 여러분들에게 다 소나마 유익하게 읽힐 수 있는 작품들을 선정하려고 했으나 잘 되었는지 모르겠습니다. 중편 소설 「리빠똥 장군」은 군대 조직 사회를 통해서 인간의 자유를 억압하는 메커니즘의 횡포를 비판한 것입니다. 메커니즘을 비판한 것은 아니지만 단편 소설 「탐욕이 열리는 나무」와 「아카시아 꽃」에서는 인간의 지칠 줄 모르는 탐욕과 추악한 이기심이 인간 관계를 불모화시킨다는 것을 지적하고 경각심을 일깨우려고 의도했습니다. 이와는 좀 달리 「그해 일기」는 6·25전쟁을 배경으로 한 소년을 매개로 하여 두 적군 사이에 싹트는 인간애를 보여 주려한 소설이고, 「강 건너 북촌」은 강이 휴전선이 되어 남과 북으로 갈려살아 온 한 가족의 비극을 다룬 것입니다.

　이렇게 써 보았자 나의 의도를 밝혔을 뿐입니다. 어떻게 해석하느냐는 여러분에게 달렸으니까요. 모쪼록 재미있게 읽어 주기 바랍니다.

2006년 2월

차례 **리빠똥 장군**

그해 일기

1

　겨울도 다 지나간 3월 중순이었으나 바람은 하루 종일 불어 대고도 모자라 밤까지 그악을 떨었다. 수개월 동안 버려져 있는 거리에서는 늘어지고 끊어져 못 쓰게 된 전깃줄들이 윙윙 소리를 내며 울었고 깨어진 창틀에다 바람막이로 친 레이션 상자* 쪼가리들은 불룩하게 부풀어 올랐다가는 다시금 우그러들기를 되풀이하고 있었다. 안을 밝히고 있는 것은 콘크리트 바닥 한가운데에 각각 벽돌 세 개씩을 쌓아 걸림다리 구실을 하도록 만든 작은 화덕에서 나무토막들이 타느라고 찌글찌글 소리를 내며 피워 올리고 있는 검붉은 불길뿐이었다. 안에는 늘 매캐한 연기가 가득 괴어 있었으나 우리는 출입구의 거적 뙈기를 걷어 올리지는 않았다. 우리는 추위를 느끼는 것보다는 매캐한 연기가 지니고 있는 온기

* 레이션 상자 : 전투 식량을 담아서 주는 배급 상자.

를 더 좋아했다. 더욱이 형들은 불빛을 새어 나가게 하는 것은 매우 위험스런 일이라고 말하고는 했다.

큰형은 짧은 각목을 깔고 앉아서 화덕 위에 시꺼멓게 그을린 양은 냄비를 걸어 놓고 보리쌀을 끓이느라고 이따금 고개를 갸우뚱히 불길을 들여다보았다. 작은형은 내 머리맡에 앉아서 개머리판*과 방아쇠가 떨어져 나가고 없는 앙상한 총신을 헝겊 뙈기로 열심히 문지르고 있었다. 작은형이 그것을 처음 주워 왔을 때에는 형편없이 녹이 슬어 있었으나 밤마다 문질러 댄 탓으로 이제는 반짝반짝 윤이 났다. 형은 그 총구멍에 맞는 탄알도 두 개나 가지고 있었다. 그러나 그 총은 아무짝에도 소용이 없는 것이었다. 그는 내가 무심코 토해 놓는 신음 소리에 제정신이 들어 내 이마 위에 얹어 놓은 물수건을 엄지와 집게손가락으로 집어 들어 대야물에 첨벙 담갔다. 그러고는 휘휘 몇 번 휘저어 높이 치켜들고 물이 떨어지기를 기다렸다. 그의 손은 총을 닦느라고 더러워져서 수건을 짤 수가 없었던 것이다. 나는 오줌 줄기처럼 떨어지는 물소리를 한동안 듣고 있지 않으면 안 되었다. 그 물줄기 소리는 마침내 방울져 떨어지는 소리로 바뀌고 그 방울 소리마저 끊어지는가 싶으면 물수건이 내 이마 위에 조심성 없이 철퍼덕 얹히는 것이었다. 그 대야물은 너무나 오래 사용했기 때문에 조금도 시원스럽게 느껴지지 않

* 개머리판 : 총의 아랫부분. 흔히 나무나 플라스틱으로 만들며 사격할 때 어깨에 받친다.

왔다. 그러나 나는 한마디 불평도 없이 그나마 그렇게 해 주는 작은형의 성의를 고맙게 생각했다.

나는 밤이 되면 고열로 신음했다. 머리는 어지럽고 가슴은 답답했으며 팔다리는 늘 무거웠다. 나는 거의 매일 밤 악몽으로 시달렸다. 나는 때때로 어떤 것이 현실이고 어떤 것이 꿈인지를 분간하지 못하는 경우도 있었다. 그러다가도 날이 밝으면 입에서 단내가 가시고 대신 한기가 찾아왔다. 나는 아무거나 몸에 둘둘 말아 감고 어서 아침 해가 뜨기를 기다렸다. 어쩌다 하늘이 찌푸리면 햇빛이 그리워 미칠 지경이 되었다. 게다가 큰형은 요 며칠 사이 내가 거리로 나가 햇볕을 즐기도록 내버려 두지 않았다.

"며칠만 참아. 마음껏 햇볕을 즐길 수 있는 날도 그리 멀지 않은 것 같으니까."

큰형은 고통스러워하는 나를 보고 안쓰러운 듯이 달랬다. 나는 너무 추워서 견딜 수가 없으면 형들의 윽박지름에 숨소리조차 제대로 내뿜지 못한 채 내 담요 자락 곁을 떠나지 않고 있는 발발이를 꼭 끌어안았다.

작은형이 다시금 묵묵히 총을 닦는 데 열중했다. 아무짝에도 소용 없는 총을 그는 왜 열심히 닦는지 나는 도무지 알 수가 없었다. 뜨뜻미지근한 물줄기가 내 귓가를 타고 흘러내리고 있었다. 이따금 바람 소리에 섞여 포탄이 하늘을 가르며 날아가는 소리가 들렸다. 아주 먼 곳에서 총소리도 났다. 그러나 밤이 이슥해지자 모든 소리는 정적 속에 묻혔다. 오직 하느님이 내는 소리만이 들렸다.
바람 소리.

그때 발발이가 이상한 반응을 보였다. 언제나 기가 죽어서 홀쭉
하게 꺼진 배를 내 곁 담요 자락에 깔고 너부죽이 엎드려 있던 개
가 느닷없이 몸을 일으켜 세웠던 것이다. 개는 바람막이를 친 창
가로 다가가서 비쩍 마른 목을 치켜들고 밖을 향해 마구 짖어 대
기 시작했다.

"어럽쇼, 개새끼가 왜 저 지랄이지? 어서 이걸로 아가리를 틀
어막아!"

큰형은 허리에 차고 있던 지저분한 수건을 작은형에게 던져 주
면서 나지막이 말했다. 동시에 큰형은 내 발치에 쌓아 놓은 이부
자리 중에서 요를 한 장 가져다 화덕 주위에 둘러치고 그것이 쓰
러지지 않도록 붙잡고 서 있었다. 작은형은 닦고 있던 총을 내려
놓고 수건을 들고 창가 쪽으로 날쌔게 달려갔다. 발발이는 자기를
신용하지 않는 어설픈 주인들에게 지금까지 입은 은덕을 다 갚고
죽을 각오가 되어 있는 양 처절하게 짖어 댔다.

작은형은 겨우 열네 살이었지만 개를 다루는 솜씨가 비상했다.
그는 개의 입을 틀어막을 수건을 쥐고 있었음에도 불구하고 그런
구차한 방법을 쓰지는 않았다. 그는 다짜고짜로 뭉툭한 군홧발을
한껏 들어 올리더니 개의 똥창을 냅다 걷어찼다. 발발이는 비명
한번 지르지 못하고 콘크리트 바닥을 설설 기더니 판자때기 위 내

가 누워 있는 곳으로 돌아와서는 낡은 담요 속에 코를 박았다.

작은형이 창가에 바싹 붙어 서서 밖의 동정을 살피기 위해 뚫어 놓은 구멍에 눈을 갖다 대었다. 어디선가 홈통*이 바람에 덜거덕거리며 흔들리는 소리가 들려왔다.

"뭘 보고 짖은 거야?"

큰형이 연기 때문에 숨이 막혀 쿨룩거리며 물었다. 작은형은 구멍에서 눈을 떼고 발소리를 죽이며 큰형에게로 다가갔다.

"짱깨 같아. 두 놈이야. 이리로 들어오고 있어" 하고 그는 내 머리맡으로 와서는 개머리판과 방아쇠가 없는 앙상한 총을 움켜 들었다.

"이 개새끼 때문이야."

작은형은 총으로 개의 머리통을 짓이기는 시늉을 해 보였다.

"침착하게 굴어. 별일 없을 거야. 배가 고파서 개라도 끌고 가려는 속셈인지도 모르지."

큰형은 연장자답게 태연을 가장하고는 불길을 가리웠던 요를 치웠다. 하지만 우리들 가운데 겁을 집어먹지 않은 사람은 아무도 없었다. 우리는 숨을 죽이며 그들을 기다리고 있었다. 우리는 건물의 현관 안으로 들어서는 그들의 발걸음 소리를 들을 수 있었다. 그 소리는 두 사람보다 더 많은 사람이 걷는 듯이 매우 어수선했다. 그들은 복도를 돌아 바로 우리 방 앞까지 왔다. 발걸음 소리

*홈통 : 물이 흐르거나 타고 내리도록 만든 물건.

는 멈추었고 내게는 몹시도 긴 침묵이 흘렀다.

이윽고 거적문이 소리 없이 젖혀졌다. 어둠 속에서 먼저 총구가 삐죽 디밀어 오더니 이어서 창 아가리가 너덜거리는 군화가 성큼 안으로 들어섰다. 거기 벙거지를 눌러쓰고 더러운 누비옷 위에 탄약 주머니처럼 생긴 전대*를 멘 보통 키의 중공군이 하나 서 있었다. 그는 주의 깊게 눈을 굴리며 천천히 방 안을 훑어보았다. 그는 작은형이 엉거주춤 들고 있는 번들거리는 총을 발견하고 냉큼 내려놓으라고 허리에 바짝 붙이고 있던 그의 총을 흔들어 대면서 위협했다.

"어서 버려!"

큰형이 말했다. 작은형은 총을 콘크리트 바닥에 내려놓았다. 중공군은 안으로 들어와 작은형의 총을 발로 건드려 보고는 그것이 제 구실을 하지 못한다는 것을 알아채고 작은형을 향해 씩 웃음을 던졌다. 그는 우리가 반항할 능력이 없는 소년들이라는 점에 대해 매우 만족해하고 있는 것 같았다. 그렇다고 우리를 완전히 믿고 있는 것은 아니었다. 그는 천천히 뒷걸음질 치며 거적문 밖으로 나갔다. 그는 곧 한 사람의 동료를 부축해 들어왔다. 부축을 받고 있는 중공군은 오른쪽 다리를 바닥에 질질 끌며 들어왔다. 부상을 당한 것이 오래된 듯 바짓가랑이에는 피딱지가 말라붙어 있었다.

*전대(纏帶) : 돈이나 물건을 넣어 허리에 매거나 어깨에 두르기 편하도록 만든 자루.

성한 중공군은 형들이 자야 할 내 옆 자리에다 동료를 눕혔다. 부상병은 몸을 움직일 때마다 고통스럽게 비명을 질렀다. 그가 옆에 눕자 구린 고름 냄새가 훅 코를 찔렀다.

두 중공군은 저희들끼리 무슨 말인가를 서로 주고받았다. 성한 군인이 큰형 앞으로 다가가더니 냄비를 가리키며 뭐라고 지껄였다. 그러나 우리는 아무도 그 말을 알아들을 수가 없었다. 그가 냄비 뚜껑을 열어 보았다. 보리밥은 자글자글 뜸이 들고 있었다. 그는 코를 킁킁거리며 구수한 냄새를 맡고는 도로 뚜껑을 닫았다. 그는 큰형에게 손짓을 하며 말했다. 그는 부상병을 가리키고 또 자기의 배를 가리키며 배가 고프다는 시늉을 해 보였다. 그리고 냄비를 가리키고 다시 부상병과 그 자신의 입을 가리키며 밥을 넣는 시늉을 해 보이고 나서 조금은 비굴한 웃음을 띠면서 고개를 서너 번 숙여 보였다. 대체로 보아서 밥을 그들에게도 나누어 주면 고맙겠다는 뜻인 것 같았다. 큰형은 알겠다고 고개를 끄덕거렸다.

그날 밤 중공군들은 떠나지 않았다. 별러* 먹으면 다음 날 아침까지 때울 수 있는 끼니를 축내 놓고도 떠나지 않았다. 식사를 마친 중공군들은 다시금 서로 무슨 말인가를 주고받았다. 목소리는 침울하고 표정은 슬퍼 보였다. 마침내 성한 중공군이 마음에 내키지 않는 듯이 느릿느릿 부상병의 옷을 벗기기 시작했다. 속옷만을 입은 대로 남겨 두고 부상병이 몸에 지니고 있던 물건이란 물건은 모

* 별러 : 일정한 비례에 맞추어서 여러 몫으로 나눠.

조리 한데 모았다. 그리고 화덕 앞으로 다가가서는 밤새도록 부상병의 옷과 소지품들을 하나씩 태우는 것이었다. 나는 누린내 때문에 숨을 쉴 수가 없었다. 형들은 이따금 거적문 밖으로 나가서 신선한 바람을 쐬고 들어왔으나 나는 꼬박 그 연기를 마셔야만 했다.

바람막이로 친 레이션 상자 쪼가리들의 틈바구니로 새벽빛이 흘러 들어올 즈음에서야 화덕의 불씨는 꺼졌다. 화덕 앞에서 꾸벅꾸벅 졸고 있던 중공군은 새벽 공기를 가르는 첫 포성에 퍼뜩 눈을 뜨고 자신이 태워야 할 물건들이 다 재로 변한 것을 확인했다. 그는 신음 소리를 내다가 지쳐서 새벽녘에야 잠이 든 부상병 앞으로 다가가 무릎을 꿇고 앉았다. 그는 한동안 일그러진 채 잠든 동료의 얼굴을 내려다보았다. 그는 다시 조용히 일어나 자신의 총과 동료의 총을 양어깨에 울러 메고 깊은 소망이 담긴 눈빛으로 우리 세 형제를 말없이 둘러본 뒤 거적문 밖으로 나가 사라졌다.

"우리더러 어떻게 하라는 거지, 형?"

작은형은 어안이 벙벙하여 입을 딱 벌렸다.

"죽을 때까지만이라도 봐 달라는 거야."

큰형이 대꾸했다.

"쉽사리 죽을 것 같지도 않아. 우리가 뭐 잘났다고 되놈 치다꺼리까지 해? 거리에다 내다 버리든지 칵 죽여 버리든지……."

작은형은 불만을 터뜨리며 투덜거렸다.

"작은형, 아직 살아 있는 사람을 죽여서는 안 돼."

18

내가 오한으로 이빨을 달달 떨면서 말했다. 사실 우리는 많은 주검들을 보아 왔고 특히 나로서는 죽음과도 친숙해 있었다. 나는 때때로 의식을 잃었고 다시금 정신을 되찾아 형들의 얼굴을 보게 되면 무척 반가웠고 죽음과 가까이 있던 그 망각의 순간이 얼마나 두렵게 느껴지던지 몰랐다.

"넌, 잠자코 있어. 네가 끌어들인 그 개새끼 때문에 저 더러운 불청객이 끼어들게 된 거잖아."

작은형이 소리쳤다. 그 소리에 깨어난 부상병은 퀭하게 뚫린 커다란 두 눈을 멀뚱거리며 우리를 바라보았다. 큰형이 결론적으로 말했다.

"골칫덩어리이긴 하지만 내다 버리거나 죽일 수는 없어. 그건 사람이 할 짓이 아니야."

2

아침이 되자 형들은 식량을 구하러 밖으로 나갔다. 속이 텅 빈 박제된 도시에서는 아무런 상행위도 이루어지지 않았다. 우리에겐 돈이 없기도 했으려니와 있다고 해도 식량을 구할 수가 없었다. 내가 병이 들지 않았던 한 달 전만 하더라도 나는 식량을 구하러 형들을 따라다녔다. 우리는 빈집을 무단으로 넘나들었다. 큰형은 지팡이만 한 길이의 장대를 가지고 다녔고 작은형은 삽을 들고 다녔으며 나는 식량 자루를 들고 다녔다. 큰형은 집주인이 피난을 떠나면서 식량을 묻어 둔 곳을 장대 하나로 귀신처럼 알아내었다. 그는 빈집의 부엌 바닥이나 앞마당이나 뒤뜰 같은 곳을 장대로 툭툭 두들기며 탐사를 했다.

"여기다!" 하고 말하면 작은형은 신이 나서 그 자리를 삽으로 팠다. 언 땅은 잘 파지지를 않았으나 작은형과 나는 큰형의 신기에 가까운 그 기술을 습득하려고 했으나 언제나 엉뚱하게 빗나가곤 했다. 땅을 두드릴 때 장대를 타고 손에 느껴지는 감촉으로 안다고 했지만 나는 그 느낌을 분간할 수가 없었다. 그러나 식량을 구하러 다닐 때마다 식량을 구하게 되는 것은 아니었다. 왜냐하면 빈집들이라고 해서 모두가 식량 독이 묻혀 있는 것은 아니었기 때문이다. 좁쌀 한 낱알 캐지 못하고 하루해를 보내는 날도 여러 날이 있었다. 그럼에도 불구하고 우리는 그럭저럭 빈 도시에서 끼니를 거르지 않고 지내 왔다.

"야, 너희들 우리가 털어 낸 집들을 기억해 둬야 할 거야."

언젠가 형이 말했다.

"왜?"

작은형이 물었다.

"우리가 잘되면 배로 갚아 줘야 하니까."

우리는 낄낄거리고 웃었다. 그러나 그것은 단순히 우스갯소리로만 한 말은 아니었다. 사실을 말하면 식량을 묻어 두고 간 그 낯모르는 사람들에게 우리는 늘 고맙게 생각하고 있었다. 한갓 염원에 지나지 않을지 모르지만 우리는 그렇게 보답을 할 날이 그 언젠가 오리라 기대하고 있었다. 하얀 쌀로 더도 말고 한 말만 구해 왔으면 좋겠다 하고 나는 생각했다. 그러면 그렇게 먹고 싶은 쌀죽도 끓여 먹을 수 있을 텐데. 우리는 반찬 걱정은 하지 않았다. 빈집 장독대에는 적어도 간장과 된장과 고추장은 무진장으로 있었으니까 말이다.

내 곁에서는 중공군 부상병이 허리를 세우고 앉아서 허벅다리의 피고름을 짜내고 있었다. 고약한 냄새. 나는 모로 누워서 그가 하는 모습을 지켜보았다. 처음의 상처는 어떠했는지 몰라도 그때의 상처 부위는 크게 번져 있었다. 치료도 받지 못하고 무리해서 걸은 탓에 덧난 것임에 틀림없었다. 살점은 패고 너덜거렸으며 주위의 살갗은 팽팽하게 부풀어 올라 있었다. 그는 아픔을 참느라고 찡그리며 입술을 악물었다. 그러나 그는 용기를 내어 피고름을 짰다. 피고름이 뭉클뭉클 솟아났다. 그는 속바지를 찢은 헝겊으로 그것들을 닦아 내었다. 그러나 헝겊은 곧 바닥이 났다. 그는 난처한 듯이 두리번거리더니, 나를 보고는 피고름이 묻은 검붉은 헝겊을 추켜올려 보이며 헝겊을 달라는 시늉을 했다.

나는 자리에서 일어났다. 현기증으로 눈앞이 빙글빙글 돌고 허공에는 별똥들이 무수히 부서지며 흘러내렸다. 나는 가까스로 균형을 잡고 맞은편 벽 쪽에 놓인 궤짝을 향해 갔다. 그 궤짝 속에는 우리가 입기 위해 훔쳐 온 옷가지들이 들어 있었다. 나는 궤짝 뚜껑을 열고 헌 속옷을 하나 꺼내 그에게 갖다 주었다. 그는 고맙다고 고개를 끄덕거렸다. 피고름을 짜내고 나니 상처는 푹 꺼졌다. 상처 자국을 더 명확히 볼 수 있었다. 그것은 총알이나 파편이 깊숙이 살점을 도려내고 지나간 자국 같았다. 그는 내가 준 속옷으로 상처를 동여매었다. 그러고는 지친 듯이 자리에 누웠다.

그는 팔을 뻗어 내 손을 잡았다. 내 이마도 만져 보았다. 그러고는 힘을 내라는 듯이 내 등허리를 탁탁 두들기며 미소를 지었다. 몇 살이나 되었을까. 턱에 듬덩듬성 돋아난 수염 때문인지 퍽 나이가 들어 보였다. 서른 살? 내가 어렸던 탓일까. 그보다는 덜 먹었을지도 몰랐다. 어쨌든 누구에게도 환영받지 못할 그 가련한 사람은 자기를 증명해 보일 만한 아무런 물건도 지니고 있지 못했다. 다른 사람에게 그가 중공군이었다는 것조차 밝혀 보일 만한 증거물을 그 자신이나 우리는 갖고 있지 못했다. 다만 다른 말은 할 줄 모르고 중국말만 한다는 것 그것 하나로 그가 겨우 중국 사람이라는 것을 증명해 보일 수 있었을 것이었다.

나는 오한 때문에 견딜 수가 없었다. 레이션 상자 쪼가리들의 틈바구니로 긴 화살과 같은 햇살이 우리의 어둠침침한 방 안으로 흘러들고 있었다. 나는 햇볕이 그리웠다. 나는 큰형의 금지 사항을 무시하고 담요 한 장을 들고 거적문 밖으로 나갔다. 복도를 돌아가니 눈부신 햇살이 현관 안에 비껴들고 있었다. 현관이라고 해야 말이 현관이지 문짝은 오래전에 달아나서 건물을 드나드는 출

22

입구에 불과했다. 벽 회칠은 떨어지고 군데군데 깨진 유리 조각들이 널려 있었다. 나는 현관 밖으로 나가 건물 벽에 등을 기대고 담요를 쓰고 쪼그려 앉았다. 발발이가 따라 나와 낑낑거리며 내 발 옆에 자리를 잡고 엎드렸다. 내 온몸에 햇빛이 쏟아졌다. 벌벌 떨리던 내 몸은 차츰 안정을 되찾았다. 나는 거리 쪽에 시선을 던졌다. 근처 거리는 온통 쑥대밭이었다. 그것은 지난해 여름의 전투에서 그렇게 된 것이었다. 건물이라고는 우리가 살고 있던 2층 집 외에는 아무것도 남아 있지 않았다. 보이는 것이라고는 무너진 벽과 벽돌 무더기와 꾸부러진 철주와 검게 타다 만 나무 기둥들뿐이었다. 그 사이로 녹슨 전찻길이 저 멀리 아스팔트 끝으로 곧장 뻗어 있었다. 전봇대 사이로 전깃줄은 늘어져 땅에 닿아 있었다. 바람은 불지 않았다. 그래도 죽지 않은 가로수 나뭇가지에서는 푸릇푸릇 새싹이 움트고 있었다. 우리는 피를 나눈 친형제는 아니었다. 모두가 고아였다. 큰형이라고 해야 작은형보다 고작 한 살이 더 많은 열다섯 살이었고 나는 작은형보다 한 살이 적은 열세 살이었다. 우리는 좀 너그럽게 말하면 친구 사이라고 해도 좋았다. 그러나 우리는 고아원에 있을 때부터 질서를 존중했다. 목숨을 부지하자면 누군가 명령을 내리는 사람이 있어야 했고 그 명령은 준수하지 않으면 안 되었다.

"우리 아버지는 일제 때 징용 나가서 소식이 없어. 어머니는 날 큰집에다 남겨 두고 어디론가 도망쳤구 말이야. 그때부터 구박받는 고달픈 고아 신세가 된 거지" 하고 큰형이 언젠가 말했다.

"나는 시골에 엄마와 아버지가 다 계셔. 지난가을에 양공주 한다는 누나 찾아 서울 왔다가 누나도 못 찾고 쫄쫄 굶으며 거리를 헤매게 되었지. 누군가 배고프면 고아원을 찾아가라고 일러 주더군. 제기랄!"

작은형이 말했다. 그러나 나는 언제부터 고아가 되었는지 기억에 없었다. 아버지나 어머니 얼굴이 머리에 떠오르지 않았다. 기억나는 것은 아주 오래전부터 깡통을 팔목에 걸고 집집마다 찾아다니며 문전걸식을 하던 거지였다는 것과 여러 고아원을 전전했다는 것뿐이었다. 하느님만이 나의 부모를 알고 있을 것이었다. 그러므로 따지고 보면 내 나이조차 정확한 것이 아니었다. 지난겨울 중공군이 밀려온다는 소식과 함께 유엔군이 지친 모습으로 퇴각을 하고 있을 무렵, 원장은 우리를 안심시켰다.

"너무 걱정들 하지 마라. 미군 부대에서 너희들을 태워 갈 트럭을 보내겠다고 했어. 그러니 소란을 떨지 말고 기다리고 있으란 말이다."

2백 명이나 되는 고아들은 원장의 말을 믿고 기다렸다. 고아원 담 너머 고갯길에는 피난민의 대열과 유엔군이 뒤범벅이 되어 남쪽으로 밀려가고 있었다.

하루는 자고 일어났더니 세상이 쥐 죽은 듯이 고요했다. 우리는 담 너머 거리를 내려다보았다. 사람의 그림자는 얼씬도 하지 않았다. 살을 에는 듯한 바람이 황량한 거리를 휩쓸고 지나갔다. 어제 저녁까지 보이던 원장의 모습도 보이지 않았다.

아이들은 어찌할 바를 모르고 술렁거리기만 했다.

"중공군은 사람이란 사람은 씨 알갱이도 남기지 않고 죄다 죽인대."

누군가의 입에서 그런 소리가 흘러나왔다. 그 소문은 삽시간에 고아원 안에 쫙 퍼졌다. 아이들은 공포에 떨기 시작했다. 그리고 순식간에 삼삼오오 짝을 지어 고아원을 빠져나갔다. 마음씨 좋은 보모 한 사람만이 유아들을 돌보느라고 남아 있었다. 나는 큰형, 작은형과 한 짝이 되어 마지막으로 고아원을 빠져나왔다.

우리는 도심을 통과하여 무조건 남쪽으로 걸었다. 우리는 보리쌀 한 줌씩을 주머니에 넣고 나왔을 뿐 그 외에 가진 것이라고는 큰형이 가지고 있던 성냥 한 통밖에 없었다. 겨울날은 금세 어두워졌고 날씨는 몹시 추웠다. 우리는 도시를 다 빠져나가지도 못하고 지쳐 버렸다.

"이렇게 걷다간 귀신도 모르게 꼿꼿하게 얼어 죽고 말겠어. 이래 죽으나 저래 죽으나 마찬가지야. 불이나 뜨뜻하게 쬐다가 죽자구."

작은형이 씹어 뱉었다. 우리는 폐허가 된 거리에서 유일하게 남아 있던 2층 건물 '우리 집'을 발견했다. 집은 비어 있었다. 큰형도 '우리 집'에서 하룻밤 머무는 것을 마다하지 않았다. 이미 현관문은 뜯어져 없었다. 우리는 거침없이 안으로 들어갔다. 그리고 나무란 나무는 닥치는 대로 뜯어 불을 지폈다. 우리는 불을 쬐며 생보리쌀을 씹었다. 나는 무릎 위에 양팔을 얹고 그 위에 얼굴을 묻은 채 졸고 있었는데 새벽녘에 이상한 소리를 들었다. 나는 창가로 다가가서 거리를 내다보았다. 일단의 군인들이 누런 누비옷을 입고 '쌀라쌀라' 지껄이며 행군을 하고 있었다. 그것이 내가 처음 본 중공군이었다. 우리는 갈 곳을 잃고 말았던 것이다. 우리는 그날 하루 종일 중공군이 우리를 죽일지도 모른다는 두려움 때문에 꼼짝도 못하고 집 안에 갇혀 있었다. 한 줌씩 주머니 속에 넣고 나온 보리쌀도 그날로 떨어지고 말았다. 무엇보다도 배가 고파서 견딜 수 없었다.

"형, 이래 죽으나 저래 죽으나 마찬가지야. 내일 아침엔 뭣 좀 먹을 것을 구하러 나가 보자구. 안 되면 고아원으로 되돌아가든가……."

작은형이 큰형에게 말했다. '이래 죽으나 저래 죽으나'는 우리에게 있어서는 일종의 삶의 철학이 되어 있었다. 우리는 다음 날 양식을 구하러 밖으로 나갔다. 거기에는 중공군이 지천으로 깔려 있었다. 그러나 그들은 우리를 거들떠보지도 않았다. 어떤 이유에서인지 몰라도 도시를 빠져나가지 못한 사람이 고양이처럼 살금살금 걸어다니는 것을 더러 볼 수도 있었다. 우리는 빈집에 들어가서 도둑질을 시작했다. 식량을 훔치고 옷과 이부자리도 훔쳤다.

26

남의 집 문짝을 뜯어 땔감으로 삼았다. 우리는 그렇게 두 달 이상을 버텨 왔던 것이다.

나는 햇볕과 나뭇가지에서 봄을 느끼며 꾸벅꾸벅 졸고 있었다. 나른하고 혼몽한 쾌감이 내 몸에 흐르고 있었다. 얼마나 잤을까. 발발이가 짖어 대는 소리에 눈을 떴다. 개는 현관 쪽으로 꽁무니를 빼고 저 먼 전찻길 끝을 향해 악을 쓰며 짖었다. 나는 갑자기 눈을 떴으므로 아무것도 볼 수가 없었다. 나는 자꾸 눈을 비비며 길 끝을 보려고 애를 썼다. 뭔가 보였다. 검은 물체가 길 끝에서, 움직이고 있었다. 그 물체는 커지면서 이쪽으로 다가오고 있었다. 그러는가 싶자 내 귀가 번쩍 열렸고 지축을 흔드는 탱크 소리를 들었다. 그리고 양쪽 보도에 총을 든 군인들이 길게 줄을 서듯 늘어서서 다가오는 것을 보았다. 나는 집 안으로 들어가야겠다고 생각을 하면서도 웬일인지 꼼짝을 할 수가 없었다.

3

탱크가 '우리 집' 앞을 지나갔다. 두 사람의 미군이 총을 들고 집 안을 수색하러 들어갔다. 나는 곧 부상당한 중공군을 사살하는 총소리가 들릴 것이라고 생각했다. 그러나 총소리는 울리지 않았다. 2층까지 샅샅이 수색을 끝낸 두 미군이 밖으로 나왔다. 그들 가운데 한 미군이 그들이 왔던 쪽을 향해 누군가를 불렀다.

부상병 하나가 검둥이 미군에게 부축을 받으며 왔다. 집 안을 수색했던 두 미군은 건물을 가리키며 검둥이 미군에게 뭐라고 설명했다. 검둥이 미군은 고개를 끄덕거렸다. 부상병은 고통 때문에 얼굴이 일그러져 있었다. 그는 붉게 피로 물든 옆구리를 움켜쥐고 있었는데 손에 묻은 피가 마르지 않은 것으로 보아 맞은 지가 얼마 되지 않은 것 같았다. 집 안을 수색했던 미군은 전진하는 부대를 따라갔고 검둥이 미군이 부상병을 끌고 집 안으로 들어갔다. 그리고 얼마 뒤에 검둥이 미군도 부상병을 남겨 두고 가 버렸다. 그렇게 한 떼의 미군들은 한낮의 유령들처럼 거리를 지나갔다. 그리고 거리에는 아무것도 보이지를 않았다. 그때까지 내내 짖어 대던 발발이도 조용해졌다. 내 몸에서 햇볕이 물러가고 있었다. 나는 추위를 느꼈다. 나는 발발이를 가슴에 안았다. 발발이의 가슴이 내 가슴과 함께 뛰고 있었다.

닷새 전이었던가. 아침 나절에 건물 벽 밑에 쭈그리고 앉아 햇볕을 즐기고 있는데 개 한 마리가 비실비실 걸어왔다. 개는 누런 빛의 짧은 다리를 지니고 있었다. 까만 콧등은 메말라 있었고 눈곱이 낀 두 눈에서는 눈물이 얼어붙어 있었다. 등뼈가 앙상히 드러나고 뱃가죽은 홀쭉했다. 영양 실조로 병들고 추위에 지친 주인 없는 개였다. 개는 내 앞에 와서 걸음을 멈추고는 나를 하염없이 바라보았다.

"저리 가!"

나는 꼴불견인 개를 향해 소리쳤다. 그러나 개는 내가 죽기를

28

기다리는 저승사자이기나 한 듯이 내 앞을 뱅뱅 맴을 돌았다. 이 따금 황량한 거리 쪽을 향해 목을 빼고 바라보다가는 내 눈치를 살피듯 흘금거렸다. 나는 개에 대한 두려움을 떨쳐 버리지는 못했으나, 병마는 기어이 나를 꾸벅꾸벅 졸도록 요술을 부렸다. 내가 추위를 느끼며 잠에서 깨어났을 때 뜻밖에도 그 개는 내 발 옆에 조용히 엎드려 있었던 것이다. 나는 더 이상 개를 쫓지 않았다. 내가 개의 머리를 쓰다듬어 주니까 개는 살래살래 꼬리를 흔들며 내 정강이에 머리를 비볐다.

"네 이름은 이제부터 발발이다. 알겠지?"

개는 두 눈을 끔뻑거리며 나를 바라보았다. 개가 내 말을 알아들은 것 같았다. 그리하여 발발이는 형들의 구박을 받으면서도 늘 내 곁에 있게 되었다.

나는 발발이의 체온을 느끼면서도 조금 전에 일어났던 일들을 모두 꿈결인 것처럼 여기려고 애를 썼다. 왜냐하면 아무래도 방 안에서는 두 부상병 사이에 끔찍한 일이 벌어지고 있을 것 같은 기분이 들었기 때문이었다. 양식을 구하지 못해도 좋으니 형들이라도 빨리 돌아왔으면 좋겠다고 생각했다. 나는 현관 안쪽으로 귀를 기울였다. 그러나 집 안에서는 아무 소리도 들려오지 않았다. 어쩌면 둘이서 싸우다가 모두 죽어 버렸는지도 모르지.

해는 이미 기울고 있었다. 햇볕은 거리 건너 언덕 위로 물러가 있었다. 바람이 살랑거리며 일기 시작했다. 나는 오한을 참아 낼

수가 없었다. 내 몸속에서는 열기가 소용돌이치기 시작했다. 내 입
술은 바싹 마르고 목에서는 갈증이 났다. 그때 아주 먼 곳에서 포
성이 울렸고 그와 거의 동시에 집 안에서 그릇 깨지는 소리가 들려
왔다. 발발이가 내 품을 빠져나가 현관 안으로 달려 들어갔다. 발
발이가 그악스럽게 짖어 대었다. 나는 두려움을 떨쳐 버리고 가까
스로 일어섰다. 나중에라도 무슨 일이 집 안에서 일어났었는지를
형들에게라도 알려 줄 의무가 내게는 있었다. 나는 허우적거리며
집 안으로 걸어 들어갔다. 거적문을 치켜들고 방 안으로 들어섰다.
  나는 두 부상병이 이쪽 벽과 저쪽 벽 가까이 서서 서로 마주 노
려보고 있는 광경을 보았다. 중공군은 한쪽 가랑이가 찢겨진 속바
지를 입은 채 다리를 의지 삼아 땔감으로 놓아둔 기다란 각목을
짚고 비스듬히 서 있었고 미군은 한 손으로 배를 움켜쥐고 다른
손에는 아무짝에도 소용이 없는 작은형의 앙상한 총을 들고 서 있
었다. 그의 발밑에는 내가 누워 있던 침상이 있었는데 그것은 아
마도 그 검둥이 미군이 동료를 눕히기 위해 그쪽에다 끌어다 놓은
것 같았다. 왜 그런 일이 벌어지게 되었는지 알 수는 없었으나 어
느 순간엔가 그들은 서로가 적군이라는 것을 깨닫게 된 모양이었
다. 아니, 중공군은 미리부터 알고 있었다. 깨닫게 되었다면 미군
쪽이었을 것이다. 그렇지가 않은지도 몰랐다. 단순한 어떤 오해가
그들에게 의심과 적의를 심어 주었는지도 알 수 없었다. 아무튼
그들은 고통을 참아 가면서도 두 눈에는 적의를 내뿜으면서 버티

고 서 있었다. 그러나 그 누구도 움직이려고 들지 않았다. 나 또한 병든 몸이라는 것을 잊어버리고 숨을 죽이면서 그 두 사람을 지켜 보았다. 그들은 땀을 흘리기 시작했으나 서로가 더 강하다는 것을 보여 주기 위해서 신음 소리조차 내지 않았다. 미군은 스무 살도 안 된 듯 앳되어 보였다. 그는 당장 울음이라도 터뜨릴 것 같은 얼굴이었다. 그에 비해 중공군은 다소 여유가 있어 보였다. 그 방 안에서 움직이는 것이라고는 두 부상병 사이를 왔다 갔다 하면서 짖어 대고 있는 발발이뿐이었다.

사발 하나가 중공군이 누워 있던 쪽의 벽 밑에 깨어져 있었다. 원래 식기들은 미군이 있는 쪽 벽에 기대어 세워 놓은 궤짝 위에 올려놓았었는데 그중에 하나가 반대쪽에서 박살이 난 것으로 보아 미군이 중공군을 향해 그 사발을 던진 것임에 틀림없었다. 그러나 그때의 정황을 이야기할 수 있는 사람은 아무도 없었다. 우리는 그 누구도 말이 통하지 않았으니까.

그 침묵의 싸움을 멈춘 것은 미군이었다. 그는 옆구리의 통증을 더 이상 참을 수가 없었는지 쌀자루 구겨지듯 풀썩 주저앉았다. 그러자 중공군도 각목을 버리고 이부자리 위에 다친 다리를 뻗으며 꺾어져 앉았다.

두 사람은 싸움을 포기하고 벌렁 드러누웠다. 그러나 고개만은 서로의 얼굴을 바라볼 수 있도록 돌려 놓고 있었다. 나는 불행한 사건이 벌어지지 않으리라고 생각했다. 하지만 내가 누울 수 있는 자리는 없었다.

나는 추위를 느끼기도 했으려니와 형들이 양식을 구해 오면 얼른 밥을 지어 먹을 수 있도록 화덕의 불길을 되살려야 했다. 두 사람은 그때까지도 서로 노려보고 있기는 했으나 내가 하는 일에 대해 흡족하게 여기고 있는 것 같았다. 나는 화덕에 나무를 얹었다. 짖기를 멈춘 발발이는 연기 때문에 화덕에서 멀찍이 떨어져 엎드려 있었다. 나는 어느 정도 불길이 붙자 연기가 빠져나가도록 거적문을 젖혀 놓았다. 이제 불빛을 발견했다고 해도 우리 집을 향해 폭탄을 떨어뜨릴 비행기는 없었다.

날은 어두워 가고 있었으나 방 안에는 훈기가 감돌았다. 그때 가느다란 휘파람 소리가 방 안을 울리기 시작했다. 처음에 그 소리는 머뭇머뭇거리며 흘러나왔다. 그러나 그것은 차츰 제 곡조를 찾았다. 나도 고아원에서 배워 알고 있던 「클레멘타인」이란 곡이었다.

넓고 넓은 바닷가에
오막살이 집 한 채

나는 휘파람을 불고 있는 사람이 다리를 다친 사람이라는 것을 알았다.

32

고기 잡는 아버지와······

거기까지 이어졌을 때 또 하나의 휘파람 소리가 끼어들었다. 그 젊은 사람은 배를 움켜쥐고 헛김이 새어 나가지 않게 하려고 입을 잔뜩 오므리고 휘파람을 불었다. 나는 그때 화덕의 넘실거리는 불빛을 받으며 휘파람을 합창하는 두 사람을 번갈아 바라보았다. 그들은 서로의 얼굴을 바라보고 있었으나 그 눈길에는 이미 의심과 적의는 사라지고 없었다. 그 휘파람 소리는 한없이 맑으면서도 구슬픈 가락을 띠고 있었다. 어느덧 나는 나도 모르게 휘파람을 불기 시작했다.

철모르는 딸 있다

우리 세 사람은 모두 다른 말을 쓰는 사람들이었지만 똑같이 휘파람을 불었다. 내가 문득 두 사람을 보니까 그들은 서로 미소를 짓고 있었다. 그래서 나도 웃음을 띠며 휘파람을 불었다. 그날 저녁 형들이 양식을 한 자루 가득 구해 올 때까지. 밤이 이슥해서야 앰뷸런스가 와서 그 젊은 미군 부상병을 태우고 갔다. 그 뒤 나는 혹시나 미군들이 그 중공군을 붙들러 오지 않을까 걱정했다.

"붙잡혀 가면 더 좋지. 포로로 대우를 받을 테니까. 그리고 총 맞은 다리도 고칠 수 있을 테니까."

작은형이 말했다. 그러나 작은형은 우리가 부상당한 중공군을 데리고 있다고 고발하지는 않았다. 작은형은 그가 머지않아 우리 곁을 떠나가리라는 것을 알고 있었던 것이다.

형들은 미군 부대 주변을 떠도는 구두닦이로 나섰다. 어느 날인가 큰형은 주사기와 페니실린 한 병을 구해 가지고 왔다. 그리고 겁도 없이 손수 우리 식객의 궁둥이에다 주사기를 쿡 꽂았다. 그로부터 식객의 다리는 나날이 다르게 나아졌다. 나도 형들이 가지고 오는 노란 알약을 먹은 뒤로 차츰 원기를 회복해 가고 있었다.

그는 어느 만큼 거동을 할 수 있게 되자 우리의 땔감 나무 중에서 단단한 나무를 골라 목발을 깎아 만들기 시작했다. 그는 불과 이틀 만에 아주 튼튼하고 훌륭한 목발을 만들어 냈다. 그 목발로 방 안을 오락가락 걷는 연습을 하는가 싶더니 이번에는 또 다른 무엇을 깎아 만들었다. 그것은 밤톨만 한 것이었는데 나는 그가 그것을 다 만들어 발발이의 목에 걸어 줄 때까지 그것이 방울임을 몰랐었다. 그 나무 방울은 아주 깨끗한 소리를 내었다. 발발이는 그 방울 소리를 듣기 위해서 열심히 집 안을 돌아다녔다. 그즈음 그는 밤이 되어 우리 형제들이 모이게 되면 알아들을 수 없는 말로 무엇인가 열심히 설명하려고 들었다. 그러는 그의 표정은 때로는 슬퍼 보였고 때로는 심각해 보였다.

"뭐라는 거야?"

큰형은 답답해서 말하고는 했다.

"얼굴 보면 모르겠어? 고향으로 가고 싶다는 거야."

작은형은 그렇게 말하고는 잘 알아들었다는 듯이 그를 향해 말했다.

"그래, 네게도 사랑하는 처자식이 있다. 이거지? 가라구, 가. 우리도 네가 없으면 한 식구 더는 셈이니까. 띵 호아, 띵 호아, 어서 떠나란 말이야."

그가 우리에게 번뇌를 주러 온 지가 한 달쯤 되던 어느 날 아침, 일어나 보니까 목발과 함께 그의 모습이 보이지 않았다. 그는 낮이 지나고 밤이 되어도 돌아오지 않았다. 우리는 그가 어떤 경로를 밟아 고향에 갈 것인지는 알 수 없었으나 틀림없이 자기 집을 찾아 나선 것만은 분명하다고 생각했다.

봄비가 자주 내리기 시작할 무렵부터 집을 버리고 떠나갔던 사람들이 되돌아오고 있었다. 도시에는 사람들이 늘어났고 폐허 위에서는 명아주와 잡풀이 자라났다. 나도 완전히 건강을 되찾았다. 나는 집에 죽치고 있기가 미안했다. 그래서 나는 쫓아 나오려는 발발이를 집에다 묶어 놓고 형들을 따라 구두닦이를 나섰다.

그날은 오후부터 비가 뿌리기 시작했으므로 일찍 집으로 돌아왔다. 반가이 맞아 주어야 할 발발이의 목소리가 들리지 않았다. 나는 머리칼이 쭈뼛 곤두서는 것을 느꼈다. 보니 발발이를 묶어두었던 끈이 끊어져 있었다. 그러나 나는 누군가 발발이를 끌고 간 것이 아니라는 것을 이내 알아챘다. 그 헝겊 끈은 이빨로 끊은 자국이 분명하게 실밥이 너덜너덜거렸다. 발발이는 우리를 버리고 가 버린 것이었다. 그 나무 방울을 목에 건 채로, 옛 주인을 찾아갔을까. 그것은 알 수가 없었다.

그렇게 모든 것은 떠나왔던 데로 되돌아갔다. 여름이 되자 '우리 집'의 주인이 나타나서 우리를 밖으로 내쫓았다. 그러나 우리는 고아원으로 되돌아가지는 않았다.

탐욕이 열리는 나무

햇빛이 하얗게 반사하는 네거리 모퉁이에 12층짜리 건물이 서 있었다. 당신이 만약에 그 네거리 한복판에 서서 어느 쪽 도로이든 하나를 선택하여 바라보았다 하더라도 당신은 그 도로가 겨우 자동차 네 대가 서로 스치듯 비집고 다닐 수 있을 만큼 비좁다는 것을 깨닫게 되었을 것이다. 물론 비좁다는 느낌은 현대 도시의 도로 공간 개념상의 선입감*에서 비롯되는 것이긴 하지만 말이다. 그리고 틀림없이 또 하나의 사실을 깨닫게 되었을 터인데 그것은 12층짜리 건물을 제외하고는 주위의 건물들이 대체로 납작하다는 것이다. 그러므로 그 건물은 상대적으로 퍽이나 높아 보였고 네거리의 풍경은 일종의 과도기적인 불균형 현상을 드러내 보이고 있었다.

다시 말해서 그 건물은 직각을 이루는 두 도로를 끼고 자리를

* 선입감 : 선입관.

잡고 있는 꼴이었는데 정문이 나 있지 않은 쪽 길은 밋밋한 언덕
길이었다. 한 무리의 소년들이 장난을 치면서 그 건물의 정문이
있는 맞은편 쪽으로부터 신호등도 없는 거리를 건너와서는 건물
모퉁이를 돌아 밋밋한 언덕길로 접어들었다. 하오*의 햇볕이 너
무나 뜨거웠기 때문에 소년들은 수십 년 묵은 플라타너스 그늘 밑
을 따라 걸었다. 소년들은 웃으며 떠들기도 하고 뛰기도 하다가
등에 멘 서로의 가방을 잡아당기기도 했다. 부모들은 등굣길이나
하학 길에 자동차나 사람에 주의하여 다니라고 이르지만 그것을
귀담아 들으려고 하는 아이들은 없었다. 소년들은 자동차나, 수상
하게 접근하는 어른들로부터 쉽사리 벗어날 수 있는 자신을 가질
만한 나이였다.

그 건물이 끝나는 곳까지 왔을 때 한 아이가 은근한 목소리로
친구들을 불러 세웠다. 다섯 중 키가 가장 작은 아이였다. 갑작스
러운 변화에 네 아이는 걸음을 멈추고 키 작은 아이를 호기심 어
린 시선으로 바라보았다.

"나무에 돈이 열렸어."

키 작은 아이가 말했다.

"어디?"

"어디?"

아이들이 두리번거렸다.

*하오: 오후.

"봐라, 저 나뭇가지를……."

키 작은 아이는 손을 들어 바로 옆에 서 있는 나무 위를 가리켰다.

"야아, 진짜다, 나무에 돈이 열렸다!"

가장 뚱뚱한 아이가 소리를 치는 것과 동시에 나머지 아이들도 무성한 잎사귀들 사이에 5백 원짜리 지전 한 장이 걸려 있는 것을 발견할 수 있었다.

"어떻게 해서 돈이 저 위에 열려 있지?"

뚱뚱한 아이가 말했다. 그러니까 키 작은 아이가 순진하게 되받았다.

"나무가 요술을 부렸나 봐."

"인마, 얼간이 같은 소리 하지 마. 어떻게 나무에 돈이 열리니? 어디선가 바람에 날려 온 걸 거야."

빼빼하지만 그중 가장 키가 큰 아이가 어른스럽게 말했다.

"바람이 그랬다구? 어제도 오늘도 바람은 불지 않았어."

키 작은 아이는 지지 않겠다고 버티었다.

"좋아, 열렸다고 치자. 너희들은 그대로 저걸 보고만 있을 거니?"

키 큰 아이가 돈과 아이들을 번갈아 쳐다보았다.

아이들은 서로의 얼굴을 바라보다가 시선을 거리 쪽으로 돌렸다. 그 높은 건물이 끝나는 곳에는 짧은 벽돌담이 있었고 그리고 거기서부터 단층이거나 2층의 낡은 목조 건물들이 보도를 사이에 두고 가로수들과 나란히 서 있었다. 그 건물들은 원래 순수한 주택들이었으나 거리가 번성하기 시작하자 집주인들이 거리에 면한 벽을 헐고 상점을 차렸다. 복덕방, 중국집, 약방, 담배 가게, 양복점, 그리고 잡화상 따위들이 쏠쏠히 재미를 보고 있었다. 그러나 그날의 뜨거운 하오의 보도에는 행인조차 뜸해서 아이들은 그 어떤 어른도 자신들이 행할 행동에 대해 의심을 품고 있지는 않을 것 같다고 생각했다. 아이들은 이윽고 자동차들이 헉헉거리며 기어다니는 도로 건너편으로 시선을 돌렸다. 그곳에는 다방과 전기상과 빵집이 있었고 그 위에 그들이 가장 경계해야 할 파출소가 자리를 잡고 있었다. 그러나 파출소 문 앞에는 경관이 서 있지 않았다. 절호의 기회였다.

"누가 저걸 가지고 내려올 거야?"

키 큰 아이가 물었다. 아이들은 두 눈만 멀뚱거릴 뿐 아무도 선뜻 나서지 못했다.

"좋아, 내가 올라가겠어."

키 큰 아이가 무거운 책가방을 땅바닥에 내려놓았다.

"하지만 돈은 나누어 가져야 해. 처음 발견한 사람은 나니까."

작은 아이가 말했다.

"좋아, 좋아. 모두 다섯 명이니까 정확하게 백 원씩 나누어 주겠어."

키 큰 아이는 나무에 매달렸고 아이들이 달려들어 키 큰 아이의 엉덩이를 받쳐 주었다.

그리하여 아이들은 5백 원을 가지고 도망쳤다. 다음 날 그맘때쯤 아이들은 하학 길에 다시금 그 가로수 밑을 지나가게 되었다. 아이들은 그런 횡재가 또다시 생겼으면 좋겠다고 떠벌렸다.

"우연히 바람에 날려 온 거라구. 기대를 걸지 않는 게 몸에 좋을 거야."

키 큰 아이가 말했다.

"바람은 불지 않았어."

작은 아이가 우겼다. 그러나 아무도 그 나무에 또 돈이 걸려 있으리라고는 믿지 않았다.

"야, 오늘도 있다!"

뚱보가 소리쳤다. 정말 돈은 거기에 있었다. 키 큰 아이가 나무에 매달려 기어 올라가서 돈을 따 냈다. 이제 아이들은 나무가 돈을 열리게 하는 것이 아닐 뿐만 아니라 돈이 바람에 날려 와 걸린 것도 아니라는 것을 알게 되었다. 전날처럼 5백 원짜리 지전은 잎을 뜯어낸 짧고 가느다란 가지 끝에 꽂혀 있었으니까. 그것은 누군가 거기에 돈을 가지고 올라가 일부러 꽂아 놓은 것임에 틀림없었다.

"도대체 어떤 사람이 그 나뭇가지에 돈을 갖다 놓는 것일까."

아이들은 고개를 갸우뚱거렸다. 그렇지만 그런 걸 골치 아프게 생각할 필요는 없었다. 돈이 거기 있었고 아이들은 그 돈을 가지고 무사히 줄행랑을 칠 수만 있다면 그것처럼 즐거운 일은 없었다.

사흘째 되던 날에도 계속 돈이 나뭇가지에 매달려 있는 것을 본 아이들은 자신들이 몹쓸 꿈을 꾸고 있는 것은 아닐까 은근히 두려웠다. 아무리 따 내도 여전히 돈이 매달려 있다니 아무래도 어떤 마술에 걸려 있는 것 같은 착각이 들었다.

"저 돈으로 무얼 사 먹으면 키가 크지 않는 건 아닐까."

키 작은 아이가 심각한 표정으로 의문을 제기했다.

"그래, 그래, 키는 크지 않고 더 뚱뚱해지기만 하는 마법에 걸릴지도 몰라."

뚱보가 말했다.

"그러고 보니 넌 며칠 전보다도 훨씬 뚱뚱해진 것 같다. 드럼통처럼" 하고 다른 녀석이 뚱보를 향해 놀려 댔으나 그 누구도 웃는 아이는 없었다.

"겁이 나면 모두들 꺼져 버려. 나 혼자서 저 5백 원을 독차지할 테니까."

키 큰 아이가 가방을 땅바닥에 팽개치고 나무에 기어오를 자세를 취했다.

"겁이 난 건 아냐."

한 녀석이 말했다.

"그래, 우리 모두 네 편이야."

또 한 녀석이 말했다. 아이들은 키 큰 아이의 엉덩이를 밀어 올렸다. 그래서 그날도 5백 원을 가지고 뺑소니를 쳤다.

사실 아이들은 그 돈이 아침부터 매달려 있다는 것을 알고 있었다. 그러나 등굣길에는 오고 가는 행인들이 많아서 돈 따 내는 일을 짐짓 기피했다. 아이들의 비밀스러운 돈 따 내기 작전은 월요일부터 금요일까지 닷새 동안 그렇게 하교 시간을 이용하여 전개되고 끝났다.

그런데 바로 그날 그 가로수를 비스듬히 내다볼 수 있는 위치에 자리 잡고 있는 복덕방 주인이 마침내 아이들의 괴상한 행동에 흥미를 느끼기 시작했다. 아이들 가운데 한 녀석이 책가방을 팽개치고 나무를 타고 오르자 복덕방 주인은 고양이 걸음으로 살며시 아이들의 등 뒤로 다가갔다.

복덕방 주인은 나무에 올라간 아이가 손을 뻗치는 쪽을 유심히 올려다보았다. 옳거니, 거기 돈이 매달려 있었구먼. 하굣길에 녀석들이 나무 밑에서 쑤군쑤군대고 이윽고 한 녀석이 나무를 기어 올라가자마자 왜 올라갔는가 싶게 쏜살같이 내려와서는 우루루 몰려 담배 가게 골목으로 뺑소니를 쳤던 것은 바로 저 돈 때문이었다 이 말씀이지. 그는 다가갔을 때처럼 살금살금 뒷걸음질을 쳐 복덕방 안으로 들어가서는 아이들이 도망치는 모습을 회심의 미소를 머금고 바라보았다.

다음 날 어슴푸레 날이 밝을 무렵이었다. 한 사내가 복덕방 점

포 옆으로 난 쪽문을 밀고 밖으로 나왔다. 그는 보도 가운데로 두어 걸음 걸어 나와서는 주위를 살펴보았다. 이따금 한두 명의 행인이 지나갔다. 새벽 장사를 나가는 사람이거나 간밤에 외박을 한 술꾼들이었다. 때때로 빈 택시가 높다란 건물 아래를 어슬렁거리며 지나갔다. 아직 꺼지지 않은 건너편 파출소의 외등이 안개를 휘감고 희뿌옇게 빛나고 있었다.

사내는 어제 오후 아이들이 돈을 따 내던 가로수 밑으로 살금살금 발소리를 죽이며 다가갔다. 그리고 가로수 무성한 가지를 향해 손전등을 비췄다. 있었다. 어제 나무에 올라갔던 녀석이 손을 내뻗던 그 가지에 돈이 매달려 있었다. 그는 손전등을 끄고 그것을 바지 주머니에 넣었다.

그는 다시 한 번 사방을 주의 깊게 둘러보았다. 마음에 걸리는 사람은 눈에 띄지 않았다. 저 돈은 내 거다! 그는 그의 몸통만큼이나 굵은 나무 밑둥치에 두꺼비처럼 달라붙었다.

그는 위로 기어 올라가려고 기를 썼으나 절구통 속의 떡 덩어리 두 개를 잇대어 놓은 것 같은 둥글 펑퍼짐한 엉덩이는 미동조차 하지 않았다. 한 3분가량 매달려 땀을 흘리다가 그는 땅바닥에 털썩 나둥그러지고 말았다. 한순간 세상이 빙빙 도는 것 같았으나 정신을 가다듬고 복덕방 옆으로 난 쪽문을 밀고 안으로 들어갔다. 왜 진작 그걸 생각하지 못했을까. 그는 안에서 사닥다리를 들고 나왔다. 그리고 그것을 나무에 기대어 놓고 쉽게 위로 올라갈 수가 있었다.

그렇게 하여 복덕방 주인은 그날 새벽에 5백 원을 벌었다. 아이들은 그날이 토요일이어서 일찍 학교에서 돌아오고 있었다.

"어, 돈이 없다?"

키 작은 아이가 말했다.

"우리들 중에 배반자가 생긴 모양이야" 하고 키 큰 아이가 다른 아이들을 하나씩 쏘아보았다. 아이들은 모르는 일이라고 저마다 결백을 주장했다.

"내가 학교 갈 때 보니까 그때에도 보이지 않았다."

뚱보가 말했다.

"넌, 이제 더 뚱뚱해지지 않을 테니까 좋겠구나."

키 큰 아이가 뚱보를 향해 이죽거렸다. 아이들은 돈이 없다는 아쉬움에 넋을 놓고 가로수 무성한 잎을 쳐다보다가 맥 빠진 걸음걸이로 타박타박 언덕길을 걸어 올라갔다.

"녀석들, 그만큼 가져갔으면 됐지 더 먹으려구? 고얀 놈들 같으니."

복덕방 주인은 출입문 사이로 아이들이 사라지는 모습을 바라보며 나무라듯 중얼거렸다. 그러면서도 그의 입가에는 함박꽃 같은 웃음이 번지고 있었다.

돈은 휴식을 모르고 일요일에도 매달렸다. 복덕방 주인은 다시금 5백 원을 따 내었다. 축 늘어진 양 볼에 탐욕이 더덕더덕 붙은 그는 돈이 어떻게 해서 거기에 매달려 있게 된 것인지 따위에는 관심이 없었다. 하긴 한 번쯤 그런 의문에 사로잡히긴 했었으나 생각하노라니 머리가 지끈지끈 아파서 아예 그만두기로 작정했다.

아이들이 최초로 돈을 따 냈던 일이 있던 그날부터 따져 만 1주일이 되던 월요일 새벽이었다. 복덕방 주인이 사다리를 나무에 기대어 놓고 사다리의 셋째 가로 막대기에 막 발을 옮겨 놓는 순간이었다. 누군가 그의 뒤에서 허리춤을 잡아당겼다. 그는 머리칼이 쭈뻣 곤두서고 손발이 굳어지며 눈앞이 캄캄해져서 하마터면 그만 낙상을 할 뻔했다. 그는 그의 몸에서 달아나려고 하는 혼백을 가까스로 수습하고 고개를 돌려 아래를 내려다보았다.

"어느 놈인가 했더니 복덕방 첨지*로구나."

허리춤을 움켜잡고 걸걸한 목소리로 일갈을 한 것은 복덕방에 잇대어 영업을 하고 있는 중국집 주인이었다. 허리춤을 잡고 있지 않은 다른 손에는 낙지와 오징어와 소라, 파와 양파, 배추와 당면 따위들이 하나 가득 든 커다란 바구니가 들려 있었다. 복덕방 주인은 그의 허리춤을 움켜잡고 있는 사람이 중국집 주인이라는 데에 다소 안심이 되었다.

"오오, 짱개로구먼. 아니 벌써 장에 다녀오는감?"

중국집 주인은 그 말에는 아무 대꾸도 않고 복덕방 주인을 쳐다보면서 웃음을 흘리며 되물었다.

*첨지 : 나이 많은 남자를 낮잡아 이르는 말.

46

"도대체 새벽부터 나무엔 왜 올라가나?"

"운동 좀 하려구."

복덕방 주인은 얼렁뚱땅 얼버무리려고 했으나 오히려 의심만 더 샀다.

"내 오십 평생 살아왔지만 그런 희한한 얘기는 처음 들어. 운동을 하기 위해 나무에 사닥다리를 갖다 놓고 오르락내리락거린다? 어딘가 이상하잖은가. 그러지 말고 솔직히 털어놓는 게 어때, 이놈의 첨지야."

중국집 주인은 바구니를 땅바닥에 내려놓더니 이번에는 두 손으로 허리춤을 움켜잡고 복덕방 주인의 몸을 흔들어 댔다. 복덕방 주인은 다리에 바짝 힘을 주고 잠시 생각했다. 이 비밀은 오래 가지 못할 거야. 저 친구는 새벽마다 장을 보기 위해 이 앞을 지나가니까. 그리고 일단 의심을 품으면 끝까지 물고 늘어지는 성미거든. 진짜 중국인도 아니면서 짱개 근성은 제대로 물려받은 놈이야.

"그래, 짱개야. 내가 운동을 하려고 사닥다리에 올라선 건 아니다. 허나, 자네가 내 허리춤을 놓아 주지 않는다면 나는 아무 말도 하지 않겠네."

"좋아, 자네를 믿겠어."

중국집 주인이 복덕방 주인의 허리춤을 놓아 주었다. 복덕방 주인은 바지 주머니에서 손전등을 꺼내 나뭇가지 사이를 비췄다

"보여?"

복덕방 주인이 물었다. 중국집 주인은 머리를 뒤로 잔뜩 젖히고 손전등이 가리키는 곳을 보았다.

"돈이잖은가?"

"맞았어. 돈이야. 매일 저 가지에 5백 원짜리 돈이 열리고 있다네."

"매일? 따 내도 따 내도 말인가?"

"그렇다니까."

"그것참 괴상한 일이로군. 그래, 자넨 얼마나 따 냈나?"

"그저께부터. 그러니까 저걸 따 내면 1천5백 원이 되는 셈이지."

"거짓말 마라. 더 많이 따 냈을 거야. 솔직히 이실직고하라구. 그러지 않으면……"

중국집 주인은 다시금 이웃 친구의 허리춤을 움켜잡았다. 이제 그는 단순히 장난 삼아 그러는 것이 아니었다. 돈에 대한 탐욕이 그의 손으로 왈칵 몰리는 것이 서투르게 나오면 이웃 친구를 잡아 끌어내리고 대신 자신이 올라가지 않으면 안 될 것만 같은 충동에 사로잡히는 것이었다.

"이보게, 우리가 한두 해 사귄 사인가? 어쩌자고 거짓말을 하겠어. 그전에 열린 것들은 동네 꼬마들이 따 갔다네. 그게 얼마나 되는지는 모르겠지만."

"동네 꼬마들이라구? 좋아, 그 말을 믿지. 허나 오늘부터는 나하고 같이 나누어 가져야 해. 그러지 않으면 내일 새벽엔 내가 먼저 올라갈 테니까."

"겨우 5백 원이야. 그걸 쪼개어 누구 배를 불리겠나?"

"욕심 부리지 마. 1년을 3백 일로 잡아도 15만 원이나 되는데? 자네 말마따나 운동하고 돈 벌고……. 나 그런 꼴 눈뜨고 볼 수 없다구. 배가 아파서 말이야."

"빌어먹을! 알았어. 오늘 당장부터 2백5십 원씩 쪼개어 먹자구."

드디어 복덕방 주인은 백기를 들고 말았다. 중국집 주인이 그의 허리춤을 놓아 주었다.

"진작 그렇게 나올 일이지."

그리하여 그 두 이웃 사람은 그날부터 어김없이 나무에 열리는 돈을 똑같이 나누어 가졌다. 그들은 하루 중에 이따금 눈이 마주치면 조금은 어색한 웃음을 흘리면서도 그 비밀스러운 놀이를 즐기고 있었다.

그러나 세상에는 드러나지 않는 비밀이란 없는 법이었다. 복덕방 주인집 안채에는 한 젊은 여자가 혼자 세를 들어 살고 있었는데, 그녀는 결코 남자를 방으로 끌어들이는 일은 없었지만 때때로 술 냄새를 풍기며 밤 늦게 들어오는가 하면 한 달에 두어 번은 외박을 하기도 하는 취미인지 직업인지 모를 아리송한 일로 생활을 꾸려 가고 있는 여자였다. 그 두 이웃 남자가 나흘째 밀회를 즐기고 있던 새벽이었다. 아무도 기다리지 않는 방으로 돌아오는 마지막 길에서 그녀는 두 이웃 남자의 희한한 광경을 목격한 것이었다. 중국집 주인은 나무에 올라가 있었고 복덕방 주인은 밑에 있었는데 복덕방 주인이 그녀를 알아보고 나무에 올라가 있는 사람을 보고 빨리 내려오라고 소곤거리는 것이었다.

"아저씨들 여기서 무얼 하고 계시죠?"

그녀가 물었다.

"오오, 이제 오나?"

복덕방 주인은 아직도 술기운에서 깨어나 있지 않은 듯한 그녀의 얼굴과 어딘가 단정치 못한 듯이 보이는 그녀의 옷매무새를 살펴보며 입을 삐뚤어뜨렸다.

"문은 열려 있으니 어서 들어가 봐요."

"이왕 늦은 거 들어가는 게 뭐 바쁜가요? 아저씨들 무슨 게임을 하고 있는 것 같아 재밌네요. 어머머, 거기 돈이 있었군요?"

중국집 주인은 한동안 망설이고 있다가 잽싸게 돈을 낚아챘지만 젊은 여자는 그것을 놓치지 않고 보았던 것이다. 하지만 두 이웃 남자는 더 이상 아무런 설명도 들려주지 않았다. 그녀가 웃었다. 그리고 그녀의 입에서 남자들에게는 날벼락과 같은 말이 터져나왔다.

"아아, 이제야 알았어요. 언젠가 새벽에 화장실에 다녀오다가 아저씨가 사닥다리를 가지고 밖으로 나가시는 걸 보았죠. 웬일인가 했더니 저 나무에 돈이 있었기 때문이었네요."

그녀는 굉장한 화젯거리가 생겼다는 듯이 냉큼 집 안으로 들어
갔고 그날부터 복덕방 주인집이 진원이 되어 이웃 중국집 주방으
로, 그리고 다시 약방과 담배 가게로 퍼져 가더니 그 소문은 이윽
고 동네에 온통 쫙 깔렸고 저녁 무렵에는 길 건너편 파출소 소장
의 귀에까지 흘러 들어갔다.

그 가로수 밑은 새벽마다 도떼기시장*처럼 사람들로 북적거렸
다. 돈이 전날 밤 통행금지 시작 전에는 열리지 않았으므로 자연
히 통금이 해제되는 시각과 더불어 사람들은 행동을 개시했다. 파
출소의 전자 벽시계의 바늘이 4시를 가리키기가 무섭게 동네 사
람들은 남녀노소를 가릴 것 없이 사닥다리나 기다란 장대를 들고
나무 밑으로 모여들었다. 그들은 마치 시민 혁명군처럼 달려와서
는 갑자기 오합지졸로 둔갑하면서 난장판을 벌였다. 나무에 열린
돈을 서로 먼저 따 내리려고 아우성을 치는 바람에 애꿎은 나뭇가지
와 잎사귀들만 꺾어지고 휘날렸다. 그도 그럴 수밖에 없는 것이
복덕방집 안채에 세 들어 사는 젊은 여자가 소문을 퍼뜨린 다음
날부터 돈의 단위가 껑충 뛰어 천 원짜리가 매달리더니 그 열흘
뒤에는 물경 5천 원짜리가 열리기 시작했던 것이다. 삭막한 도시

* 도떼기시장 : 여러 종류의 물건을 마구 내놓고 파는 질서가 없고 시끌벅적
  한 비정상적 시장.

에서 누가 뭐래도 비교적 화목하게 지내 오던 이웃들의 인심이 날이 갈수록 흉흉해지고 있었다.

날마다 새벽이 되면 길 건너 가로수 밑에서 한바탕 소동이 벌어진다는 보고를 받은바 있었던 파출소 소장이 하루는 시간을 내어 그 어처구니없는 광경을 지켜보았다. 그는 광란의 회오리에 휩쓸리고 있는 동네 사람들을 그대로 바라보고만 있어야 할 것인지 아니면 강제로라도 해산을 시켜야 할 것인지 고민을 하지 않을 수 없었다. 그렇게 양자택일의 고민에 잠겨 있는 동안 어느덧 날은 밝아 왔고 누군가 돈을 가지고 사라진 모양으로 사람들은 뿔뿔이 헤어지고 있었다.

"소장님, 오늘도 어김없이 5천 원짜리가 매달려 있었답니다."

순찰 임무를 마치고 돌아온 관할 방범대원이 소장에게 보고를 했다.

"이봐, 매일 아침마다 했답니다, 였답니다 하고 보고만 할 것이 아니라 돈을 나무에다 가져다 놓는 범인을 잡아내야 할 게 아니냔 말이야."

그러지 않아도 건너편 12층 건물에 좀도둑이 자주 든다는 신고를 받고 있는 그는 손이 모자라 골치가 지끈지끈 아픈 판에 매일 새벽 관내에서 매우 못마땅한 소동이 벌어지고 있으니 화가 뿔이 되어 돋아난다 해도 화를 내지 않을 수 없었다. 간밤을 뜬눈으로 지새운 방범대원은 충혈된 두 눈을 멀뚱거리며 물었다.

"범인이라구 하셨습니까?"

"그래, 왜?"

"나무에 돈을 갖다 놓는 사람을 어떻게 범인으로 몰 수가 있지요? 어떤 사람인지는 몰라도 남을 위해 돈을 푸는 걸 보면 표창을 받을 사람 같은데요."

"이런 돌대가리를 거느리고 치안을 담당하고 있다니 복통을 쳐도 시원치가 않구먼. 이봐, 자넨 방범대원이야. 통금을 어기고 암약*하는 자는 누구를 막론하고 범법자라는 것을 언제나 명심하고 있었을 텐데 말이야."

"듣고 보니 허긴 그렇네요. 하지만 장담하건대 통금 시간이 계속되는 동안 저 가로수 근처에는 쥐새끼 한 마리 얼씬거리지 않았다는 걸 말씀드릴 수 있습니다."

"손가락에 장을 지져도 말인가?"

"네, 그렇습니다. 저는 그게 사람의 소행인가 또는 도깨비가 하는 짓인가 그게 궁금하여 통금이 해제되는 시각까지 숨어서 꼬박 지켜보았으니까요."

"웃기지 마. 설혹 그랬다 해도 어느 순간에 깜빡 졸았던 게 틀림없어. 범인은 그 구멍을 교묘히 이용한 거라구. 범인이 잡히면 나는 자네 손가락에 장을 지지겠다구, 알겠나?"

* 암약 : 암중비약. 어둠 속에서 날고 뛴다는 뜻으로, 남들 모르게 맹렬히 활동함을 이르는 말.

그렇게 파출소에서도 차츰 관심이 고조되어 가고 있는 사이, 소문은 꼬리에 꼬리를 물고 동네 울을 넘어 시내로 퍼져 나갔다. 더욱이 고약한 것은 그 나무가 텔레비전 화면에 소개되자 돈을 획득하겠다는 욕심꾸러기들뿐만 아니라 단순한 구경꾼들마저 붐비기 시작했다. 아직도 미신적인 사고방식에 젖어 있는 사람들은 나무의 신통력에 경배를 하러 모여들었고 다소 합리적인 사고방식을 지닌 사람들은 그 돈의 진짜 임자가 누구일까에 궁금증을 감추지 못해 모여들었다. 어디 그뿐인가. 그 많은 사람들을 상대로 새벽 대목을 노리는 커피 장수와 우유 장수와 떡 장수, 심지어는 포장마차까지 달려왔다.

그러나 어느 날 한 앉은뱅이 거지가 나무 밑에 진을 치면서 조금은 새벽 풍경이 달라졌다. 그 거지는 어디서 밤을 지새우는지 최초의 승리자가 나무에서 돈을 챙길 무렵에는 이미 등에 지고 온 거적을 나무 밑에 펴놓고 깔고 앉아 있었던 것이다. 그가 처음으로 나타났던 날의 승리자는 그를 무시하려고 했다. 그러니까 구경꾼들이 승리자를 향해 소리쳤다.

"여보슈, 거기 불쌍한 사람이 있지 않소?"

"그래요. 어찌 보면 그건 불로 소득이라고 할 수 있는데 그 거지에게 적선이나 하슈."

그날의 승리자는 동네 양복점의 나이 듬직한 재단사였는데 그는 그만 구경꾼의 아우성에 못 이겨 그가 따낸 5천 원을 홀랑 거지

에게 건네주고 말았다. 그래서 그날 이후 재미를 보게 된 것은 그
거지였다.

"아무래도 거지가 나타나서 돈을 긁어 가는 게 수상쩍지 않은
가? 혹시 저 거지가 나무 위에 돈을 얹어 놓는 것은 아닌지 모르겠
어."

복덕방 주인이 빈 바구니를 들고 시장으로 가려는 중국집 주인
에게 말했다. 그들이 주역에서 밀려나서 단순한 구경꾼으로 전락
한 지도 벌써 여러 날이었다.

"이 사람, 고작 생각한다는 게 그 정도야? 저 거지가 무슨 이득
이 있다고 그 짓을 하겠나? 게다가 저 친구는 불구자야. 나무에
올라갈 재간이 없단 말일세."

"그저 건네 본 말이야. 아무튼 이게 이 동네 땅값이 올라갈 징존
지 내려갈 징존지 도무지 갈피를 잡을 수 없구만."

한동안 돈을 따 내려는 경쟁의 열기는 거지 때문에 수그러지는
경향을 보였다. 왜냐하면 구경꾼들의 아우성으로 말미암아 돈을
거지에게 주고 말면 소득이 없기 때문이었다. 매일 같은 사람이
아닌 승리자들은 감상적으로 흐르는 마음을 보다 절제하고 냉철
하게 자신들을 각성시켜 갔다. 결코 불로 소득이 아니었다. 승리
자가 되기 위해서는 그 누구보다도 잠을 덜 자야 한다는 부담과
누구보다도 먼저 나무 밑으로 달려가야 한다는 투철한 경쟁심을
지니지 않으면 안 되었다. 승리자들은 자신의 노고에 커다란 가치

를 부여했다. 그 결과 거지에게 동냥하는 액수가 차츰 적어지기 시작했다. 승리를 예상하는 사람들은 잔돈을 미리 준비해 왔다. 시초에는 2천5백 원 반타작만으로도 만족하던 승리자들은 욕심을 부려 2천 원을 내놓았다가 천 원만 내놓기도 하고 마지막에는 백 원짜리 동전 한 닢만을 깡통 속에 던져 넣는 사람도 생겨났다. 이제는 처음처럼 거지에게 적선을 하라고 아우성을 치는 사람은 없었다. 아무도 거지에게 관심을 기울이지 않았고 돈에 대한 열기가 다시금 되살아났다.

한편 파출소에서는 범인을 체포하기 위한 작전을 밤마다 폈으나 범인은 그림자도 비치지 않았다. 상부에서는 하루빨리 범인을 체포하라는 독촉이 날이 갈수록 빗발쳤다. 그러던 어느 날 경찰서장은 전화통에 대고 직접 파출소장에게 호통을 쳐 왔다.

"소장, 자네는 이 사건을 심심풀이 재미로 여기고 있는 건가? 소장은 시민의 건전한 윤리관이 침해당하는 현장을 멀뚱멀뚱 바라보고만 있는 꼴이란 말일세."

"시민들을 해산시키는 게 어떻겠습니까?"

소장은 떨리는 목소리로 의견을 제시했다. 서장의 노한 목소리가 그의 귀청을 때렸다.

"그건 안 돼! 우리 경찰은 눈에 보이지 않는 관념적인 문제로 섣불리 시민에게 강권을 발동해서는 안 돼. 범인을 잡지 못하겠거든 차라리 그 나무를 베어 버려."

"나무를 베어 버리란 말씀입니까?"

소장은 자신의 귀를 의심했다.

"그래."

"그 나무는 반세기나 살아온 나무입니다. 베어 버리면 시민들이 항의를 할 것입니다. 소란은 더욱 확대되겠지요. 서장님, 기회를 주십시오. 어떻게든 범인을 잡아내고야 말겠습니다."

서장은 전화선 저쪽에서 침묵을 지키고 있었다. 소장은 서장이 침묵을 지키고 있을 때가 가장 무섭다고들 하는 소리를 들어 왔다. 소장의 이마에서는 식은땀이 흘렀다. 서장은 범인을 잡지 못하면 자신을 시골 벽지로 쫓아 버리겠다고 벼르고 있는지도 알 수 없었다. 침묵 끝에 전화기 놓는 소리가 달칵 하고 들렸다.

범인은 오리무중이었다. 소장의 입장에서 보면 제법 경계를 철저히 했다고 자부할 만도 했는데, 그럼에도 불구하고 이틀 동안 나무에는 돈이 열렸다. 정말 나무가 스스로 돈을 맺는 것인지도 모른다는 착각이 들 지경이었다. 경계를 강화시키고 사흘째 되던 날 새벽에 방범대원이 시근덕거리며* 파출소 안으로 뛰어 들어왔다.

"소장님, 오늘은 만 원짜리가 등장했답니다. 5천 원짜리가 달린 지 엿새 만이죠."

"만 원짜리? 이건 갈수록 점입가경*이로군. 이봐, '했답니다'라

*시근덕거리며 : 숨소리가 매우 거칠고 가쁘게.

고만 떠벌릴 게 아니라 범인을 체포해야지, 그렇잖은가?"

소장의 말에 방범대원이 오랜만에 웃음을 지어 보였다.

"왜 웃어?"

"이걸 보십쇼."

방범대원은 소장에게 한 가닥의 가느다란 나일론 끈을 내밀었다. 그 끈 한쪽 끝에는 갓난애 주먹만 한 울퉁불퉁 못생긴 돌멩이가 하나 묶여 있었다.

"이게 뭔가?"

"나무에 걸려 있었답니다. 그리고 그 끈 이쪽에는 만 원짜리 돈이 꿰어 있었구요."

"그렇다면……."

소장은 파출소 밖 계단으로 나가 섰다. 그의 시선은 자욱한 새벽안개 속에 솟아 있는 건너편 높은 건물의 유리창들을 더듬었다. 어느 창문에서도 불빛은 빛나지 않았다. 방범대원이 따라 나왔다.

"저 건물 어디선가 이걸 던졌단 추리를 해볼 수 있는데 말이야."

"우리들이 나무에 대해 경계를 철저히 한 뒤로는 나무에 접근할 수 없으니까 이런 비상 수단을 강구한 것 같습니다."

"범인은 독 안에 든 쥐다!" 하고 쾌재를 부르는 소장의 입에 방

---

*점입가경 : 들어갈수록 재미가 있다는 뜻이나 여기에서는 갈수록 정도가 심해진다는 의미.

범대원이 쐐기를 박았다.

"잠깐만, 소장님. 가만히 생각해 보니 그 사람을 범인으로 단정하기에는 어딘가 미흡한 데가 있지 않을까요?"

"그게 무슨 소리야?"

"그 사람이 이제는 그저 돌멩이를 던질 뿐 통금 시간을 위반하지는 않으니까요."

소장은 곤혹스러운 듯이 발작적으로 머리를 감싸 쥐었다. 그 가로수 밑에 모여들었던 사람들은 이미 뿔뿔이 헤어졌고 앉은뱅이 거지만 덜거덕거리며 골목 속으로 사라져 가는 포장마차 바퀴 소리에 귀를 기울이면서 가만히 앉아 있었다. 머지않아 그 거지도 거적을 말아 어깨에 메고 어디론가 가 버리고 말 것이었다. 서서히 안개가 걷히면서 건물 밑을 지나가는 행인들이 보이기 시작했다. 그때 소장의 머릿속에서도 짙은 안개가 사라지더니 하나의 지혜가 떠올랐다. 그는 오른손 주먹으로 왼손 손바닥을 때렸다.

"오, 바로 그놈이다!"

"그놈이 누굽니까?"

"바로 그놈, 저 건물 안에 좀도둑이 든다는 신고가 있었지? 범인은 좀도둑 바로 그놈이야. 그러니까 좀도둑은 저 건물 안에 있는 어느 놈일 게 분명해."

소장에게 있어서 그것은 확고한 사실인 것처럼 느껴졌다. 그는 달리 생각할 겨를도 없이 경찰관 한 명과 방범대원 두 명을 거느

리고 건너편 건물로 기습해 들어갔다. 그것은 좀도둑도 잡고 소란
의 요인도 제거하는 일석이조의 효과를 거두는 결과를 가져올 것
이었다. 그 건물에는 30여 개가 넘는 중소 회사와 사무실이 들어
있었고 종업원만 해도 거의 천여 명에 가까운 숫자였으나 수사 대
상을 애초부터 매일 밤 그곳에서 잠을 자는 건물 관리인과 개인
회사의 몇몇 사환으로 한정해 놓았으므로 아직 종업원들의 출근
시간 전인 그 시각에 범인을 색출하는 데에는 크게 어려움은 없을
것이다.

과연 반 시간도 채 되지 않아서 두 방범대원이 열댓 살 남짓한
소년을 질질 끌며 거리에 나타났다. 그 뒤를 소장과 경관 하나가
의기양양하게 따라갔다. 소장의 손에는 나일론 끈과 만 원짜리 지
폐가 한 장 쥐어져 있었다.

"전 도둑질을 한 적이 없어요."

소년이 방범대원에게 항의했다.

"그럼, 그런 돈이 어디서 났어?"

뒤에서 따라가던 총을 멘 경관이 알밤을 먹이며 호통 쳤다.

"제가 모은 돈이에요."

"그렇게 엄청난 돈을?"

"엄청나다니요? 겨우 5만 5천 원밖에 안 돼요. 제가 나무에 얹
어 놓은 돈은 말이에요."

"네 월급이 얼마야?"

"5만 원요."

"그건 네 월급보다 많은 돈이잖아?"

"그러길래 모은 돈이라니까요."

"장난을 치려고?"

그때 그들은 그 가로수 밑을 지나가게 되었는데 마침 거적을 말아 등에 진 앉은뱅이 거지와 마주쳤다. 거지는 두 팔로 땅을 짚고 그 자리를 떠나려다 말고 소년을 슬픈 눈으로 올려다보았다. 소년은 걸음을 멈추고 지난 한 달가량 밤마다 인연을 맺어 온 그 나무를 잠시 쳐다보았다.

"그래요. 장난을 치고 싶었어요. 제겐 돈이 필요 없게 되었으니까요."

소년이 말했다.

"왜?"

이번엔 소장이 물었다.

"동생이 병원에서 한 달 전에 죽어 버렸거든요."

"녀석, 둘러대기는…… 좋아, 가서 얘기하자."

그들은 파출소를 향해 걸음을 옮겨 놓았다. 앉은뱅이 거지는 그들이 파출소 안으로 사라지는 모습을 물끄러미 바라보았다.

"아니, 저 녀석이 범인이란 말인가?"

중국집 주인은 음식점 앞 보도를 쓰레질*하다 말고 빗자루를

*쓰레질 : 비로 쓸어서 집 안을 깨끗이 하는 일.

팽개친 채 역시 비질을 하다가 멍청히 서 있던 복덕방 주인에게 달려와서 물었다.

"그렇다네."

"저놈은 이따금 우리 집에 와서 자장면을 사 먹었는데. 세상은 넓고도 좁구만."

"참, 그놈 제가 무슨 홍길동이라구 그런 괘씸한 짓을 했지?"

복덕방 주인은 쓰레질한 깨끗한 거리에 침을 탁 뱉았다.

"아저씨, 정말 저 애 동생이 죽었을까요?"

거지가 물었다. 두 사람은 그때까지도 그곳을 떠나지 않고 있던 거지를 내려다보았다. 복덕방 주인이 중국집 주인을 바라보았다.

중국집 주인의 이마에 깊은 주름살이 팼다.

"모르겠어. 언젠가 자장을 먹다 말고 눈물을 질질 짜던 것이 기억나기는 하지만……."

거지는 두 팔을 땅에 짚고 그네를 타듯 몸을 흔들면서 거리 아래쪽으로 천천히 움직였다.

"당신, 다시는 오지 말라구. 이젠 올 일도 없어졌으니까 말이여. 도통 문전이 지저분해서 요즘은 손님도 오지 않아."

복덕방 주인이 거지의 등에 대고 소리쳤다.

그 높은 건물이 서 있는 거리에 다시금 평온이 찾아온 듯이 보였다. 사람들은 자신들에 대해서 조금도 반성을 하는 기색을 보이지 않았다. 그러기는커녕 오히려 그 보잘것없는 소년이 자신들을 우롱했다는 점만을 괘씸하게 여기고 소년에 대해 울화를 터뜨리고 있었다. 그것은 분노 속의 평온이었다.

그러나 그 평온은 하루 만에 끝났다. 다음 날 날이 밝자 사람들은 그 나뭇가지에 5백 원짜리 돈이 열린 것을 보았던 것이다. 그리고 그 다음 날에는 5천 원짜리가 달렸다. 사람들은 소년의 일을 까마득히 잊은 듯이 예전처럼 그 나무 밑에 새까맣게 몰려들었다.

아니나 다를까, 나흘째 되던 날에는 예상했던 대로 만 원짜리 지폐가 달렸다. 사람들은 사닥다리와 장대를 가지고 와서 저마다 돈을 먼저 따려고 아귀다툼을 벌였다. 커피 장수와 우유 장수와 빵 장수와 포장마차가 다시 등장했다. 체면을 차리고 있던 단순한 구경꾼들도 전염이 된 듯 가만히 있지를 않았다. 어떤 광증이 그들의 머리를 휘어잡았으며 그들은 먼저 나무에 기어오르려는 사람들을 아래로 잡아 끌어내렸다. 장대를 든 사람들은 창 싸움을 벌이듯 서로를 찔렀다.

그 어처구니없는 광란을 건너다보고 있던 파출소 소장은 얼굴이 파랗게 질려서 소리쳤다.

"이봐, 안 되겠어. 나무를 베어 버려야 해. 어디 가서 톱을 구해 오게."

그리하여 방범대원 한 사람이 커다란 톱을 구해 대령하는 순간이었다. 뿌옇게 안개가 낀 건너편 옥상 위에 검은 그림자가 어른

거린 것 같았다. 그런가 싶자 마치 검정 보따리만 한 물체가 아귀
다툼을 벌이고 있는 군중들 위로 떨어져 내려왔다.

"악!"

사람들이 비명을 지르며 사방으로 좍 갈라섰다. 소장은 톱을 든
채 정신없이 길 건너로 뛰어갔다. 한 개의 보따리처럼 잔뜩 몸을
웅그리고 죽어 있는 사람은 앉은뱅이 거지였다. 가슴에 모은 그의
손에는 나일론 끈과 만 원짜리 지폐가 쥐어져 있었다.

아카시아 꽃

　분장을 지우고 사무실로 돌아왔을 때 특별히 개설한 워크숍에 참여하고 있던 장 양이 손에 들고 있던 전화기를 내게 넘겨주려고 했다. 나는 사흘 뒤에 새로 공연할 연극 대본을 검토하는 일로 극작가인 김정호와 종로에서 만날 약속을 해둔 터여서 그 문제와 관계되지 않은 전화는 받고 싶지가 않았다.

　"선생님, 고등학교 동창이시라는데요. 벌써 세 번째예요."

　나는 없다 하라고 손바닥을 보이며 빠르게 가로저었으나, 장 양은 전화기를 두 손으로 감싼 채, 제발 받아 보라는 듯이 까만 눈을 유난히 반짝이면서 나를 건너다보았다. 그녀의 시선은 자신을 기만하고 있는 나를 힐난하는 것 같기도 했고, 분위기에 어울리지 않게 내게 사랑을 하소연하는 것처럼 느껴지기도 했다. 사무실 안은 연극이 끝나 갑자기 몰려든 단원들로 시끌벅적거렸다. 그녀의 눈길이 꽤나 집요했으므로 나는 마지못해 전화기를 받아 들었다.

"전화 바꿨습니다."

내 말이 끝나기가 무섭게 울먹거리며 악을 쓰는 소리가 내 귀를 때렸다.

"걸레가 죽었어!"

나는 목소리의 주인공이 누구인지, 빠르게 이어진 여섯 개의 음절이 무엇을 뜻하는지 얼른 알아차릴 수가 없었다.

"누구신지?"

때때로 나를 골탕 먹이기 위하여 전혀 낯선 친구들이 엉뚱한 전화질을 하는 경우도 없지 않았으므로 역정을 누르며 조심스럽게 물었다.

"누구시긴? 야 인마! 나, 독립문 기태다, 곽기태!"

곽기태라면 영천 시장에서 선대에 이어 신발 장사를 하는 친구였다. 연전*에 연극을 위하여 그의 가게에서 고무신을 다섯 켤레 구입한 적이 있었다. 기성인은 구두를 신고 학생은 운동화를 신는 요즘 세상에 누구를 위하여 누가 어디에서 만들어 내는 것인지 알 수 없는 남자 고무신을 그는 다량으로 확보하고 있었던 것이다.

"넌, 어째 그다지도 무심하냐? 내 목소리도 잊고 말이야. 어쨌든 말이다. 걸레가 죽었다!"

"걸레가?"

"아니, 걸레께서 돌아가셨다."

* 연전 : 몇 해 전.

66

기태의 목소리가 갑자기 자지러들더니 큭 울음을 터뜨렸다.

"치우 선생님이 돌아가셨다, 이거야."

그제야 나는 누가 어떻게 되었다는 것을 알아차렸다. 이치우(李致雨) 선생이 그럼 살아 있었다는 말인가. 나는 그런 분은 벌써 오래전에 이 세상 사람이 아니라는 생각을 의식하지 못하는 가운데 품고 있었기 때문에 기태로부터 부음을 듣고는 그가 두 번 죽는 것이 아닌가 하는 부질없는 착각 속에 휘말려 들었다. 아마도 그와 같은 생각을 갖고 있었던 것은 내가 나의 과거를 되돌아볼 여유가 없었다기보다는 과거를 혐오하고 있음에서 비롯되는 것일는지도 몰랐다. 나는 덤덤하게 물었다.

"언제 돌아가셨냐?"

"어젯밤, 그러니까 내일이 장례식이야."

나, 오늘은 바빠서, 내일 아침에 들러 볼까 하는데? 그 말이 입안에서 가래처럼 가르릉거렸다. 녀석들, 구체적으로 말해서 영천시장을 중심으로 살고 있는 친구들은 이따금 나를 그들의 세계로 끌어들이지 못해서 안달을 떨고는 했다. 누구 어머니, 누구 아버지가 죽었다! 어느 동창이 자살했다! 누구 동생이 결혼한다! 그들은 경조사가 났다 하면 물귀신처럼 나를 그들의 세계로 끌고 들어가려고 했다. 그것은 혹 가다가 나의 이름 석 자가 신문 지상에 실리기 때문이 아니라 그런 자리에는 어린 시절의 친구가 결석해서는 안 된다는 순진한 배려 때문에서였다.

"진짜 연극을 보여 주려면 서민의 삶을 잘 알고 있어야 하는 법이야. 내가 아무리 밑바닥 출신의 인간이라고 해도 깨끗한 물 마시고 맑은 공기 쐬다 보면 어느덧 옛날 냄새를 깡그리 잃게 된다구."

그들은 순수한 의도에서 말하는 것이지만 경우에 따라서는 그런 말이 야유로 들릴 때도 있었다. 그들이 말하는 '깨끗한 물, 맑은 공기'는 중산층의 문화적 삶을 뜻하는 것이었다. 그들은 내 연극을 한 편도 구경하지 않았고 보고자 하는 시도도 도모하지 않았지만 내가 형이상학적이고 역사적인 일에 종사하고 있다고 믿고 있었다. 그러나 내 쪽에서 말하면, 수입에 관한 한, 아직도 초라한 전세 아파트 신세를 면하지 못하고 있는 나에 비해서 오히려 그들은 중산층이었다.

"물론, 우린 네가 무척 바쁘다는 걸 잘 알고 있어, 허지만 네가 없는 장례식이란 무의미하다고 봐. 왜냐하면, 치우 선생이 학교 시절에 가장 아꼈던 학생이 바로 너였으니까 말이야."

내가 침묵을 지키고 있자 기태는 과거의 일을 들추어냄으로써 나의 도망갈 길을 막으려고 했다.

"알겠네. 어떻게 찾아가야 하나? 자네 가게로 갈까?"

"아냐. 그럴 필요는 없어. 찾기가 쉬우니까. 말바위 옆구리에 매달려 있는 아파트야. 금화 아파트 나 동 410호. 치우 선생은 단칸 셋방에서 운명하셨지. 그럼, 이따 만나지."

기태가 먼저 전화를 끊었다. 나는 김정호와의 약속을 내일로 미루기 위하여 전화를 걸어야겠다고 생각했다.

본명 : 이치우. 별명 : 걸레. 나이 : 35세 정도. 주소 : 서울 서대문구 현저동. 직업 : 교사. 가족 관계 : 함북 경성에 처자식을 두고 월남해 온 뒤 홀아비로 지냄. 학력 : 일본 와세다 대학을 나왔다고도 하고 중국 상해 호강 대학에서 수학했다는 말도 있으나 소련 모스크바에서 공부했다는 설도 있어 종잡기 어려움. 위의 3개국을 두루 편력하기도 했다는 소문도 있음. 종교 : 없음. 취미 : 시집 모으기. 특기 : 모노드라마.

이것이 1950년대 말 우리가 고등학교 2학년이던 당시에 알고 있던 그의 이력이었다. 이력 가운데 분명치 않은 것은 나이와 학력인데 이 부분에 대해서 유감스럽게도 그는 우리에게 아무 언질도 남겨 주지 않았다. 나이는 주민등록증을 참고로 하여 알아볼 수 있겠으나 월남 피난민들은 그 무렵 나이를 서너 살 줄이거나 불리기가 다반사였으므로 주민등록증에 나타난 것을 사실로 간주하기에는 난점이 있었다. 학력에 대해서 때로 우리가 물었지만 그는 "네깟 놈들, 내 학력은 알아서 뭐 하려구?" 하며 핀잔을 주었다.

치우 선생은 자그마한 키에 오동통한 몸피를 지닌 추남이었다. 자그마하다고 했으나 2학년 학생들 중에 맨 앞줄에 앉는 학생들보다는 컸고 오동통하다고 했으나 배불뚝이는 아니었다. 홀아비 생활에 먹는 것이 실할 리가 없었을 텐데도 이상하게 전체적으로 살이 올라 있었다. 그는 삼십 줄이었음에도 불구하고 이미 머리가 벗겨졌으나 윤기 나는 짙은 눈썹을 달고 있었다. 쌍꺼풀진 유난히도 큰 눈과 등이 각을 이루며 솟은 커다란 매부리코와 입술이 두툼한 큰 입을 지녔다. 동그스름한 턱을 받치고 있는 목은 너무 굵어서 목 없이 얼굴이 양어깨 사이에 얹혀 있는 것처럼 보여 굴러 떨어지지 않을까 염려스러울 지경이었다.

그가 입는 옷은 늘 정해져 있었다. 여름에는 검정 물감을 들인 미군 작업복 바지에, 풀을 먹여 본 적이 없는 후줄근한 누런 광목 노타이셔츠* 차림이었고 겨울에는 거기에다 역시 검정물을 들인 미군 야전잠바를 덧입었다.

어쩌다가 단벌밖에 소유하고 있지 않은 감색 양복을 넥타이 없이 걸쳐 입을 때도 있었지만 매우 드물었다. 게다가 사철 변함없이 그의 신체 일부를 감싸고 있는 것이 있었는데 그것은 대머리 위에 얹혀 있던 밤색 베레모였다. 그 모자의 가장자리에는 까만 가죽을 대었으나 꽤나 오랜 세월을 견뎌 온 듯 군데군데 닳아서 허연 내피가 보풀거렸다. 그러나 모자 천만은 낡기는 했어도 담배 구멍 하나 없이 말짱했다. 우리는 그것을 걸레의 빵모자라고 불렀다.

치우 선생의 담당 과목은 세계사였다. 그의 학습 진도는 몹시 빨라서 두 달 만에 두툼한 교과서 한 권을 끝내 버렸다. 그는 마치 밤하늘을 가르고 지나가는 유성처럼 뚜렷한 선을 우리에게 제시

*노타이셔츠: 넥타이를 매지 않고 입을 수 있도록 만들어진 셔츠.

했으나 그 선 밖으로 튀는 불꽃은 우리 스스로 찾지 않으면 안 되었다.

그는 교탁 위에다 교과서의 어느 한쪽을 펼쳐 놓고는 그 이후 시간이 끝날 때까지 교과서를 들여다보는 법이 없었다. 그럼에도 불구하고 인물의 이름 하나하나를 소홀히 말하지 않았을 뿐더러 연대도 정확했다. 여느 때 그의 얼굴빛은 햇볕을 쬐지 않은 탓으로 하얗다 못해 창백했으나 한번 입을 열면 언어들이 거침없이 튀어나왔고 자기도 모르게 자신이 벌여 놓은 세계 속으로 쉽게 빠져들었으므로 하얀 얼굴은 금세 술에 취한 듯이 불콰하게 달아오르고는 했다. 그렇게 빠른 진도로 교과서를 끝내 놓은 뒤 그는 우리가 청하지도 않은 나폴레옹의 일생에 대해서 이야기를 시작했다.

"나는 내 조국 코르시카가 멸망한 해에 태어났다."

치우 선생은 두 주먹을 불끈 쥐어 허공에 들어 올려 보이면서 장엄한 목소리로 저 유명한 나폴레옹의 말을 인용하는 것으로 일대 서사시의 막을 올렸다. 10대의 사관생도 나폴레옹. 그는 한때 코르시카의 독립 운동가 파올리를 존경하여 독립운동에 가담하지만 프랑스에 대한 관념의 차이로 결국은 코르시카에서 쫓겨나고 프랑스에 귀화하고 말았다는 일. 이탈리아 방면군 포병 사령관이 된 나폴레옹. 공포 정치 때 처형된 보아르네 자작의 요염한 미망인 조제핀과의 결혼, 파리 개선. 이집트 원정 후 3인 집정 정부의 한 사람으로서의 나폴레옹. 1802년 드디어 그는 종신통령으로

군림하고 그 2년 뒤에는 그의 야심이었던 황제의 관을 머리에 얹는다. 조제핀에게 아들이 없자 합스부르크가의 왕녀 마리아 루이자와 재혼하면서 꾸준히 유럽 대륙에 세력 확장을 꾀해 오던 나폴레옹은 마침내 1812년 모스크바 원정을 단행함으로써 전설적 이야기는 클라이맥스에 오르는 것이었다.

"정말, 애석한 일이었어."

치우 선생은 허공에 주먹을 불끈 쥐어 보이며 외쳤다. 그쯤 되면 아이들은 이야기의 귀추*보다도 그가 다음에 어떤 행동을 보여 줄까 그것만이 궁금하여 호기심에 찬 눈길로 그를 바라보았다. 아마도 그 주먹으로 교탁을 내려칠는지도 알 수 없었다.

"자연이 영웅을 버린 것이었지. 러시아의 혹심한 추위, 그리고 러시아의 또 하나의 영웅인 쿠투조프 장군의 전략에 나폴레옹은 내리막길을 걷게 된 거야."

허공에 불끈 쥐어졌던 주먹이 스르르 풀어지면서 교실 안이 눈보라가 휘몰아치는 러시아의 들판인 양 아이들 머리 위로 팔을 뻗쳐 하들하들 떨며 수평으로 반원을 그리고는 느릿느릿 말했다.

"그해 10월. 추위에 못 견디어 철수할 때 10만 명이던 장병이 폴란드에 닿았을 때는 5천 명밖에 남지 않았으니, 아니 아니, 지난주 시간에 말했다시피 원정을 위해 프랑스를 출발할 때 60만이던 대군이 5천 명만 남게 되었으니 우리의 대서사시도 막을 내릴 때

*귀추 : 일이 되어 가는 형편.

72

가 되었다."

그러나 그는 이야기를 2주나 더 끌었다. 동맹군에게 패퇴, 퇴위를 하고 엘바 섬으로 유형을 갔다가 엘바 섬을 탈출하여 "황제 만세!"를 부르짖는 농민들의 환호를 받고 '백일천하*'를 이룩하지만 워털루 대회전에서 패한 뒤, 영국 군함에 실려 2개월 반 동안 항해한 끝에 그의 임종의 땅인 세인트헬레나에 닿는다.

"이것은 신의 이야기가 아니니까 신화는 아니야. 영웅의 이야기지. 이른바 영웅들은 온갖 고초와 시련과 모험을 겪은 여행 끝에 행복한 자로서 여생을 누리거나 희생 양으로서 죽음을 당하기 마련이야. 그러나 대체로 자기 나라를 괴물의 공격 또는 외침의 위기로부터 구출하고 번영을 누리게 하는 인물들이라구."

치우 선생은 눈물이라도 흘릴 듯이 비감에 잠긴 목소리로 말하더니 갑자기 어조를 높였다. 그의 입에서는 침이 튀어나왔다. 교탁 가까이 앉은 아이들이 머리를 책상 밑으로 처박는 것으로 짐작할 수 있었다.

"이건 아득한 옛날의 영웅 이야기가 아니야. 불과 150년 전의 이야기라구. 꾸며 낸 이야기가 아니라 역사에 기록된 이야기란 말이다! 야, 야! 네깟 놈들이 무얼 알겠냐마는 나폴레옹이 위대한가

* 백일천하: 1815년 3월에 엘바 섬을 탈출한 나폴레옹 1세가 파리에 들어가 제정(帝政)을 부활한 후 워털루 전투에서 패배하여 퇴위할 때까지 약 100일 간의 지배.

아닌가는 너희들의 판단에 맡기겠다. 나는 다만 내가 왜 너희들이 입시 공부할 시간을 할애해 가면서 장시간 동안 이 이야기를 했는가를 어느 훗날에 깨닫게 되기를 바랄 뿐이야."

4월의 황사 바람은 밤이 되어도 가라앉지 않고 서울의 하늘 위를 뒤덮고 있었다. 고지대에서 보는 도심의 야경은 안개에 가리운 듯이 멀게 느껴졌다. 매우 가까운 거리였지만 무악재를 넘는 자동차의 달리는 소리가 아득히 들렸다. 좀 전에 헤어진 택시 운전기사의 말을 떠올렸다.

"물론, 돌고 돌면 올라가는 길이야 있죠. 하지만 웃돈을 줘도 올라갈 수 없다 이겁니다. 이 차가 너무 숨차 해서요."

나는 바위길을 오르면서 헉헉 숨을 몰아쉬었다. 콧구멍 속으로, 입속으로 모래 먼지가 엉겨들었다. 입 안이 지금거려서* 나는 자꾸만 마른침을 뱉어 냈다. 바위길 오른쪽 계곡 밑으로 서민 아파트가 몇 동 들어서 있었다. 내가 치우 선생에게서 나폴레옹의 이야기를 듣던 시절만 해도 그곳에는 커다란 연못이 둘이나 있었다. 원래는 셋이었는데 가장 작은 연못은 매몰된 뒤였다. 그런데 이제는 그 두 연못도 메꾸어지고 대신 아파트가 들어섰던 것이다. 두 연못……. 우리는 그것들이 위치한 높낮이에 따라 하나를 윗연못이라고 불렀고 다른 것을 아랫연못이라 불렀다. 윗연못이 훨씬 운

*지금거려서 : 입속에 잔모래나 흙 따위가 가볍게 자꾸 씹혀서.

74

치가 있었다. 윗연못은 병풍처럼 깎아지른 절벽 아래에 있었는데 이맘때쯤이면 그 절벽 여기저기에 붉은 철쭉이 폈다. 잔잔하게 하늘의 그림자를 드리우고 있는 검푸른 수면 위로 이따금 잉어들이 팔딱거리며 솟구쳤다.

"이놈들! 이곳에 들어오면 모조리 잡아 가둘 테다."

초등학교 때였다. 하학 길에 철쭉꽃 길을 따라 산을 넘어와서 넋을 놓고 잉어들이 솟구치는 것을 구경하고 있던 우리들을 향해, 머리를 박박 깎고 푸른 옷을 입고 거름통을 짊어진 한 무리의 죄수들을 인솔해 가던 형무관이 메고 있던 총을 덜거덕거리며 소리치면 우리는 혼비백산 줄행랑을 쳤다.

나는 문득 걸음을 멈추고 다시금 뒤를 돌아보았다. 바로 눈 아래 도심지보다도 더 희미한 윤곽으로 교도소의 윤곽이 떠올랐다. 교도소는 안개 속을 뚫고 가는 타원형의 거대한 여객선과도 같았다. 그것은 애매모호하게 사회 규범을 어긴 사람들을 싣고 정해지지 않은 유형지를 향해 끝없이 항해하고 있는 것처럼 느껴졌다.

범인 : 내가 무엇인가를 죽인 것은 사실입니다.

형사 : 사람을 죽였어.

범인 : 버러지를 죽였습니다.

형사 : 자네 주장대로 하자면, 버러지 같은 인간이겠지.

범인 : 인간 같은 버러집니다.

형사 : 이거, 누구하고 말장난하자는 거야?

범인 : 내 마음은 말장난이나 할 만큼 여유가 있지는 않습니다.

형사 : 갈수록 가관이로군. 도대체 여기가 어딘 줄이나 알고 하는 소리야?

범인 : 악인을 지옥으로 보내는 곳이죠. 하지만 나는 악인이 아닙니다. 벼룩과 이와 빈대와 진딧물을 혼합한 고약한 버러지 한 마리를 죽였을 뿐이니까요. 그런 버러지들은 이 세상에서 싹 쓸어 버려야 해요. 나는 내 신념대로 실천에 옮겼을 뿐입니다.

형사 : 개인적으로?

범인 : 그렇죠. 개인적으로!

형사 : 개인적으로 하는 행위는 용납 못해. 조직적으로 해야지.

범인 : 왜 그렇죠?

형사 : 나도 조직에 속해 있으니까?

범인 : 아! 그러면 조직적으로는 인간을 죽여도 된다는 말씀이죠?

형사 : 전쟁이 그렇잖은가? 조직적인 행위는 합법적인 거야. 그 조직이 당대의 법을 집행하는 입장이 되어 있는 한에서 말이지만.

나는 대본의 이 부분에 대해서 작가인 김정호와 상의하고 싶어했었다. 나는 이 부분을 삭제하려고 했고 그는 살리자는 주장이었다. 나는 교도소에서 눈을 돌리고 다시 바위길을 올라갔다. 바위길을 다 올라가자 자동차가 다닐 수 있는 시멘트를 바른 도로가 나왔다. 아까 택시 운전기사가 "돌고 돌면 올라가는 길이야 있죠" 하고 말했던 것이 이 길을 두고 한 말인 것 같았다. 왼쪽으로 길을 따라가다가 산모퉁이를 돌아서니까 눈앞에 아파트 건물 하나가 산비탈에 걸려 있었다. 그 아파트에서 흘러나오는 전등 불빛이 길 건너편의 철거해 버린 다른 아파트의 잔해를 비추고 있었다.

나는 덮쳐 무너질 것만 같은 아파트를 올려다보다가 출입구 쪽으로 가까이 다가가 동 번호를 표시한 검은 글자를 들여다보았다. 나 동. 바로 곽기태가 일러 준 그 아파트였다.

4층으로 오르는 계단은 어둡고 축축하고 냄새가 났다. 나는 넘어지지 않으려고 껄끄러운 시멘트 난간을 더듬거리며 위로 올라갔다. 한 층을 오를 때마다 바로 앞에 아카시아 숲이 나타났는데 아직 피지 않은 아카시아 꽃봉오리가 무더기로 흰빛을 던지며 초롱처럼 흔들리고 있는 것을 볼 수 있었다. 꽃이 활짝 피면 복도 어디쯤에 있을 화장실의 고약한 냄새를 쓸어 갈 것 같았다. 사람이 살고 있는 것 같지 않게 조용한 아파트의 정적을 깨뜨리고 어디선가 앙칼스런 어린아이의 울음소리가 터져 나왔다.

나는 귀울림 병을 앓고 있었고 고음은 질색이었으므로 쫓기듯 계단을 올라갔다. 치우 선생이 잠들어 있는 집은 대번에 찾을 수 있었다. 누군가 문 앞에 조(弔) 자가 그려진 등을 달아 놓았기 때문이었다. 그 등의 불빛이 복도 난간 옆에 쌓아 둔 연탄재를 드러

냈다. 문패는 안 아무개 씨로 되어 있었다. 나무 출입문은 반쯤 안으로 열려 있었다. 도마질하는 소리가 갑자기 크게 들려왔다. 나는 안으로 들어서며 물었다.

"여기가 이치우 선생께서……."

마주 보이는 곳은 부엌이었는데 말을 마치기도 전에 40대로 보이는 아주머니가 도마질을 멈추고 고갯짓으로 옆방 문을 가리켰다. 동시에 미닫이가 떨어져 나갈 듯이 왈살스럽게 열렸다.

"햐, 이 사람, 연출가 겸 배우 선생 아니신가?"

기태였다. 그는 좁다란 쪽마루로 나와서 그대로 놓아두면 내가 도망을 치리라고 생각했는지 내 손목을 아프게 움켜잡고 안으로 끌었다. 방 안에는 검은 글씨만 가득 씌어 있는 낡은 병풍이 쳐져 있고 그만이 댕그마니 앉아 있었던 듯 아무도 없었다. 치우 선생의 시신은 병풍 저쪽에 있을 터였다. 방바닥은 구들장이 가라앉아서 울퉁불퉁했고 냉기가 엉덩이 뼛속까지 싸늘하게 스며들었다. 나는 철제 캐비닛이 놓인 한쪽 구석을 바라보다가 장기판만 한 창문 쪽에 멀거니 시선을 던졌다. 왠지 눈물이 흐를 것 같아서였다.

"정승남이와 민진기가 다녀갔지. 곧 또 올 거야. 승남이는 푸줏간 일이 못 미더워서 내려갔어. 박월진 알지? 왜 우리 기동창회장 말이야. 그 친구도 오기로 되어 있고 총무인 남필구도 온다고 했어. 모두 모이면 여남은 명은 될 것 같은데."

기태는 내가 당황해하는 줄로 오해하고 설명했다.

"너무 걱정할 건 없어. 사망 신고도 했고 승남이와 진기와 내가 화장하기로 합의도 보았으니까. 조금 있으면 염을 하러 사람이 올 거야."

"어떻게 돌아가셨지?"

나는 창문으로부터 시선을 돌리고 물었다.

"노환에 영양 부족이시겠지. 그러나 직접적인 사인은 심장 마비야. 심장이 멎지 않고 죽는 사람은 없거든."

그것은 치우 선생이 하던 말이었다. 그의 말에 따르면 나폴레옹이 위암으로 죽었든 또는 비소에 의한 독살로 죽었든 결국은 심장이 멎어서 죽었다는 것이었다. 그러므로 너희들 각자가 지니고 있는 심장에 대하여 매일 경의를 표해야 할지니…….

"선생의 모습을 뵙고 싶지 않아?"

기태는 나를 시험하듯이 빙긋 웃음을 흘리며 물었다.

"곧 염을 한다면서? 그때 뵙도록 할게."

나는 용기가 나지 않아서 곤혹스럽게 말했다.

"그래. 모두들 모였을 때 뵙도록 하는 것이 좋겠군."

그는 혼잣소리처럼 말하더니 계속 중얼거렸다.

"이 방도 사글세라더군. 그것도 3개월이나 밀렸으니 찾을 돈도 없다는 거야. 불쌍한 분. 잘 돌아가셨지. 더 목숨을 부지한댔자 좋은 꼴은 보지 못하셨을 테니까. 혼도 다 빠져서 층계를 오르내릴 때에도 잠옷 바람으로 다니셨다는군. 바지를 입었더라도 지퍼가

풀어져 있기가 다반사였구. 그러면서도 젊은이들만 보면 침을 튀기면서 시구를 읊었다는 거야. 그래서 사람들은 미친 늙은이라고 혀들을 끌끌 찼다는 것이지.”

민진기가 잠바 차림으로 들어왔다. 그는 내 어깨를 아프게 탁 치고는 생선 장수로서는 어울리지 않는 가녀린 목소리로 떠벌렸다.

“비린내 좀 날 거다. 어물전을 벗어나지 못하니까. 허지만 기대해도 좋을 거야. 내 물 좋은 놈으로 조기와 명태 몇 마리 후려 가지고 올라왔지. 좀 기다리면 주인집 아주머니가 보글보글 찌개를 끓여 들여놓을 게다.”

그러자 방 밖에서 또 다른 소리가 들려왔다.

“생선찌개뿐이겠어? 불괴기도 있다.”

문을 열고 들어온 것은 푸줏간의 정승남이었다.

“진기 몸에선 생선 비린내가 나지만 내 몸에서 피비린내가 난다.”

정승남이 너스레를 떨며 자신의 손과 팔께를 주먹코로 쿵쿵거리며 더듬었다.

“말하자면, 승남이와 나는 허가받은 칼잡이다, 이거지” 하고 진기가 말하면 승남이 이어받았다.

“야, 인마 자기 비하하지 말라구. 세상에 칼 잡지 않구 살아갈 수 있는 연놈 있다던?”

그들에게 있어서 시간은 늘 고인 물처럼 멎어 있었다. 그들은

어제 했던 말을 오늘 다시 하고 내일 또다시 할 것이다. 칼잡이론
만 하더라도 나는 이미 신물 나도록 들은 것이었다. 그들의 칼잡
이론이란 자신들의 신분에 대한 합리화론이랄까 뭐 그런 유였다.
간단히 말해서 이런 것이었다. 산동네 단칸 셋방이건 고대광실 덩
더쿵한 부자 동네건 간에 부엌을 들여다보면 거기에는 일치하는
물건이 있는데 그것이 바로 밥그릇과 수저와 칼이라는 물건이다.
물론 못사는 놈은 싼 칼을 쓰고 잘사는 놈은 비싼 칼을 쓰는 점이
다르기는 하나 칼을 소유하지 않은 놈은 없다는 것이다. 그러니까
부엌의 존재 이유는 근원적으로 따져 들어가면 칼이 있음으로써
만 가능하다는 생각이었다.

　이치가 그러함에도 불구하고 자고로 사람들은 백정이나 갯가
사람들을 하찮게 깔보는 것에 이골이 나 있었던 것이다. 호텔의
뷔펜가 부펜가 하는 곳에 가 봐라. 칼 잡지 않은 연놈 있던가? 더
욱이 괴기가 잘 썰리지 않으면, 종업원을 불러다가 괴기가 질기다
느니 불평을 털어놓는 연놈도 있더라만, 그건 무엇을 의미하느냐
하면 제 연놈들이 기분 좋게 배불리 먹기 위해서는 칼에 날이 서
있어야 한다는 것과 같은 뜻이라구. 그러니까 그들의 칼잡이론을
요약하면 모든 사람이 칼을 쓰는 현실에서 푸줏간과 어물전 사람
을 향해 칼잡이라고 손가락질하는 사람처럼 멍텅구리는 없다는
것이 된다.

　"야, 너희들더러 누가 칼잡이라고 놀리기나 했어?"

기태가 나를 옹호하듯이 말했다.

"놀린 것은 아니지만 우리 몸에서 냄새가 날 것 같아서."

진기가 조금은 머쓱해져서 중얼거렸다.

"아무 냄새도 나지 않으니까 걱정하지 마."

나는 거짓말을 했다.

"허긴 우린 샤워를 하고 옷을 갈아입고 왔으니까."

승남이 말했으나 나는 그들의 몸을 비린내가 안개 띠처럼 휘어 감고 있는 듯한 느낌을 지워 버릴 수는 없었다. 나는 결코 그 냄새가 싫은 것이 아니었다. 그 냄새는 내게 있어 그윽한 그 무엇이었다. 그러나 나는 웬일인지 심장을 드러내 보일 만큼 솔직할 수가 없었다.

"요즘 어디 직업의 귀천이 있나? 너희들 말마따나 누구든 칼을 잡고 있는 마당에……. 요즘은 칼을 자주 잘 흔들고 그것으로 치고 베고 도려내는 사람이 오히려 귀한 사람이 되었으니까. 그래서 돈만 많이 긁어모으면 그를 우러러보는 세상이 되었으니까."

"그게 무슨 소리야? 우리처럼 칼을 잘 쓰는 사람도 찾아보기 힘들어. 그렇지만 우린 언제나 요 모양 요 신세잖냐?"

순박하고 착한 진기가 의아한 시선으로 나를 바라보았다. 나는 그를 마주 보고 있노라면 세검정에서 받아 온 자두 광주리를 들고 영천 시장을 배회하던 어린 시절의 내가 회상되었고 곧 생선 장수를 하던 그의 아버지가 떠오르기 마련이었다. 그것은 반사적이고 기계적이었다. 그의 눈물에 젖은 듯이 슬프게 보이는 눈이 그의 아버지의 눈을 빼내듯 닮아 있기 때문인지도 몰랐다. 동수야. 자두 많이 팔았느냐? 이 고등어 한 손 갖다 구워서 어머니와 저녁 반찬하거라. 나는 사양하지도 않고 덥썩 그것을 받았다. 그 후 나는 기대감을 지니고 진기 아버지의 어물전 앞을 서성거리고는 했는데 그때마다 나를 불러 생선 도막을 손에 들려 주었었다. 그렇기 때문에 그의 몸에서 나는 비린내를 나는 향기처럼 기억 속에 품어 왔을지도 몰랐다.

"이 친구, 넌 그것도 모르냐? 동수는 그저 우리를 위로하려는 것뿐이라구."

승남이 비꼬았다. 주인집 아주머니가 생선찌개와 로스구이를 들여오지 않았더라면 그들과 나 사이의 평행으로 내달리기만 하는 아웅다웅거림이 언제 끝날지 알 수 없었다. 아주머니는 고인이 쓰던 것이라면서 개상반*이나 다름없는 칠이 허옇게 벗겨지고 금이 가고 못 자국이 난 밥상을 갖다 놓고 행주로 썩썩 문지르더니 찌개 냄비와 로스구이 판을 통째로 올려놓았다. 소주병과 잔이 들어왔으나 잔은 두 개뿐이어서 순배의 속도가 빨랐다. 우리는 소주를 쭉쭉 들이켰다.

"에그그. 살아 계셨을 때 이렇게들 모였으면 쓸쓸하시지나 않았을걸."

*개상반 : 개다리소반.

아주머니가 방 밖에서 혼잣소리처럼 중얼거리는 소리가 들렸지만 우리는 개의치 않았다. 이상하게도 나는 술을 몇 잔 마시자마자 그들과 동류가 된 것 같았다. 우리는 모두 치우 선생 생전에 죄를 지은 놈들이라고 생각했고 그 우울함을 지워 버리기나 하려는 듯이 마구 지껄이며 떠들었다.

갑자기 기태가 자리에서 벌떡 일어났다. 그리고 그는 병풍 한 끝을 접더니 시신이 누운 곳으로 상체를 들여밀고 말했다.

"선생님, 죄송합니다. 선생님의 이 빵모자를 제가 잠깐 실례하겠습니다."

그가 상체를 이쪽으로 끌어당겼고 병풍을 원래대로 펴서 시신 쪽을 가렸다. 그는 이른바 '걸레의 빵모자'를 자신의 머리 위에 얹었다. 그는 우리를 한쪽 구석으로 몰아붙이고 병풍 앞을 오락가락 거닐기 시작했다.

"나 보기가 역겨워 가실 때에는 말없이 고이 보내 드리오리다……."

기태는 치우 선생의 모습을 재현하고 있었다. 내 직업이 연출가 겸 배우이긴 하지만 연극적인 소질은 기태가 한 수 위였다. 고등학교 시절 그의 치우 선생 흉내 내기는 그 누구도 버금할 수 없을 만큼 뛰어났다.

치우 선생의 특기는 모노드라마였다. 그는 세계사를 가르치다 말고 느닷없이, 정말 아무도 예측하지 못한 순간에, 교단에서부터 학생들의 책상 사이로 발작하듯 어떤 때는 빠른 동작으로 어떤 때는 느린 동작으로 걸어 내려왔다. 때로는 격정에 두 주먹을 부르르 떨며 울부짖는 목소리로 때로는 먼먼 고향을 그리워하듯 눈을 가늘게 뜨고 우수에 젖은 음성으로 시를 읊었다. "청년이여, 이상을 가져라" 식으로 월트 휘트먼의 시를 읊을 적엔 어느덧 웅변으로 변했고, 소월이나 백석(白石)의 시를 읊을 땐 그의 두 눈에는 눈물이 번쩍거렸다. 그는 그런 모습과 억양으로 학생들 사이사이를 끊임없이 누볐다.

"시를 외워라. 감상하려 들지 말고 외워라. 그리고 읊어라. 그러면 너 자신이 시인이 되어 있음을 깨달을 것이다."

그는 틈틈이 이렇게 강조하였는데 우리는 그가 외우고 있는 시를 모두 듣지 못했으므로 얼마나 외우고 있는지 짐작할 수 없었다.

"선생님은 시를 몇 편이나 외우십니까?"

어느 똑똑한 친구가 물었을 때 치우 선생은 "나도 몰라"라고 대답해 우리를 웃겼다. 우리는 아마도 선생이 시 천 수는 암송하고 있을 것이라고 막연히 추측할 뿐이었다. 우리는 그때 그가 소월의 시를 외우고 있는 것은 이해를 할 수 있었으나 우리로서는 낯선 백석의 시를 왜 좋아했는지 수수께끼였다. 우리는 그가 흑판에 적어 준 백석의 시를 몇 편 외웠는데 그 가운데 하나가 「고방」이란 것이었다.

오지항아리*에는 삼촌이 밥보다 좋아하는 찹쌀 탁주가 있어서 삼촌의 임내*를 내어 가며 나와 사촌은 시큼털털한* 술을 잘도 채어 먹었다.

제삿날이면 귀머거리 할아버지 가에서 왕밤을 밟고 싸리 꼬치에 두부 산적을 꿰었다.

앞도 뒤도 없이 이 시구 한 토막이 잊혀지지 않고 떠오르는 까닭은 우리로 하여금 침을 삼키게 했던 그 시큼털털한 찹쌀 탁주 때문이었으리라. 우리는 명색이 도시 학생이었으나 포성이 휴전으로 멈추고 수년이 지나면서 지방 사람들이 꾀어들던 무렵이라 학급의 반수 이상은 농촌 출신들이었다. 그들은 찹쌀 막걸리 맛을 아는 듯이 쩝쩝 입소리를 내었고 도시 아이들은 맛을 상상하며 덩달아 끄윽 신트림을 토했던 것이다.

치우 선생은 한참 시구를 외우다가 창가로 다가가서는 햇볕에 모래알이 눈부시게 반짝거리는 하얀 운동장을 하염없이 내려다보기도 하였다. 학생들은 진지한 관객처럼 다음에 주인공에게 일어날 변화를 기대하며 조용히 그를 바라보았다. 그의 동작은 매번

* 오지항아리 : 흙으로 만든 그릇에 발라 구우면 윤이 나게 하는 잿물인 오짓물을 발라 만든 항아리.
* 임내 : '흉내'의 방언.
* 시큼털털한 : 맛이나 냄새 따위가 조금 시면서도 떫은.

86

달랐지만 초여름 어느 날의 대사는 잊지 않고 기억하고 있다. 선생은 불현듯 창가에서 몸을 돌렸다. 검은 베레모 아래 두 눈이 광채를 뿜으며 우리를 둘러보았다.

오른손 주먹이 허공을 향해 치켜 올랐을 때 이미 그의 눈은 우리를 보고 있는 것은 아니었다.

"은모래빛 은모래빛…… 강변에서……."

나는 선생이 소월의 시를 읊으려는 줄로 알았다. 그는 창가를 떠나 우리 사이로 빠르게 뛰어 들어와 우뚝 멈추어 섰다. 그는 마치 무성 영화의 변사처럼 목에 힘을 주어 비장기 넘치는 음성으로 대사를 외웠다.

"우리의 순이는 전차에 올랐다. 얼마나 불쌍한 떠돌이인가? 강변을 떠나 도둑놈의 소굴인 도시로 온 것이. 간밤에 친척집에 갔다가 오늘 아침 멀건 수제비국 한 그릇 얻어먹고 쫓기듯 거리로 나왔다. 백마 탄 왕자는 사치. 허기진 한 끼를 때울 일거리가 필요했다. 남의 집 부엌때기라도 좋아. 순이는 보따리를 가슴 앞에 꼭 움켜 안았다. 누군가 순이의 가슴을 찔렀다. 억울했지만 꾹 참았다. 누군가 고무신 발등을 밟았어도 꾹 참았다. 촌년이라고 욕해도 참았다. 순이는 전차에서 내렸다. 보따리 속에 꼭꼭 간직했던 돈이 없다. 세상은 순이를 혼자 남겨 놓았다."

그러자 종이 울렸다. 선생은 꿈에서 깨어나듯 세계사 교과서를 들고 천천히 교실을 나갔다. 그날 그의 대사는 세상에 흔히 일어났던 일들을 다루고 있었음에도 불구하고 누군가의 산문시 구절인 듯 그럴듯하게 느껴졌고 나는 그의 순이와 동화되어 마음으로 슬프게 흐느꼈다.

바야흐로 기태의 흉내 내기도 절정에 달하고 있었다. 기태는 베레모를 쓴 머리통을 뒤로 한 번 꺾었다가 본래대로 세우고는 "고요하고 구슬픈 그리고 끝없는 광야에 소리도 없이 세 샘물이 흐르고 있다"라고 고요한 목소리로 치우 선생이 가르쳐 준 푸슈킨의 시를 읊었다. 나머지 우리 셋도 함께 큰 목소리로 외웠다.

하나는 청춘의 샘물, 급격, 불온의 샘물
용솟음치며 구비쳐 번뜩이며 달음질치노니.
하나는 시의 샘물, 영감의 물결을 지워
광야에 추방된 사람들을 심취케 하노니.
다른 하나는 차디찬 망각의 샘물
그것이 보드랍게 마음의 갈증을 적셔 주노니.

기태는 술상 앞에 털썩 주저앉았고 우리는 침묵을 지키며 술을 마셨다. 우리는 치우 선생을 망각하려 하였으나 마음의 갈증이 너무 커서 당장은 그럴 수가 없었다.

한길 건너 선바위절에서 온 젊은 스님은 앉자마자 염불을 시작하였다.

"……사리불, 여물위차조 실시죄보 소생. 소이자하 피불국토 무삼악도. 사리불, 기불국토 상무악도지명 하황유실. 시제중조 개시 아미타불 욕령법음 선류 변화소작……."

나는 스님이 외고 있는 것이 「불설 아미타경」이라는 것을 알았다. 아름답고 기묘한 여러 가지 새들이 평화롭고 맑은 소리로 노래를 부르고 있는 불국토로 치우 선생은 들어갈 것이다. 스님을 부른 것은 기태를 중심으로 한 영천 시장패들이었으나 그들 가운데 불교 신자는 없었다. 오히려 그들은 무당과 점을 좋아하였다. 까닭은 아버지대로부터 이어져 온 장사와의 관계 때문이었다. 더욱이 선생은 무신론자였으니까 스님을 부를 이유가 없었음에도 불구하고 그렇게 한 것은 하나의 인습적인 의식에 지나지 않았다. 나로 말하자면 가톨릭 영세를 받은 바 있지만 성당에 나가지 않은 지 수년이 넘어 일컬어 냉담자였다. 내가 냉담자가 된 직접적인 원인은 고해를 하다가 고해의 순서가 틀려 신부에게 혼이 난 뒤부터였으나 간접적인 원인은 내 가슴속에 도사리고 있는 악마적인 조그만한 지식 때문이었으리라. 나는 성당 미사에 세 번 나가지 않은 죄를 먼저 고해해야 하였으나 어머니에게 죄 지은 일을 먼저 고해하고 말았던 것이다.

"그대는 성당 미사에 참여하지 못한 죄가 더 크다고 생각하는가 아니면 지상의 어머니에게 지은 죄가 더 크다고 생각하는가?"

아, 나는 그때 신해박해의 순교자들을 생각하였고 고해를 할 자격도 없는 놈이라고 여겼다. 자격이 없으니 성당에 나갈 수가 없었다. 동시에 나는 개고기를 먹는 스님과 마찬가지로 옆 자리에 수녀를 모시고 손수 운전을 하는 예수 그리스도의 대리자인 베드로의 후계자를 싫어하게 되었다. 이유는 간단하였다. 예수 그리스도가 자동차를 타고 다니지 않았으니까 신부도 자동차를 타지 말아야 한다는 것이다.

"그대는 주님을 믿는가 아니면 사람인 신부를 믿는가?"

신과 신성을 믿는다고 대답할 수 있을 것이다. 신부는 단순한 사람이 아니라 신성을 지녀야 할 사람이기에 그렇다. 어쨌든 수많은 죄악을 저지르고 고해할 자격도 없는 내가 「어느 파계승의 불국토」를 공연할 때 염불하는 스님 역을 맡은 한 배우로 하여금 「불설 아미타경」을 외우게 한 적이 있어서 젊은 스님이 외우고 있는 염불이 어렴풋이나마 무엇인지 알았던 것이다. 스님은 어린 나이 답지 않게 지그시 눈을 감고 한결같은 음성으로 염불을 하며 목탁을 두드렸다.

마침내 우리가 기다리던 기동창회장인 박월진과 총무 남필구가 그들처럼 넥타이를 맨 이름도 잘 생각나지 않는 세 동창생을 경호원처럼 거느리고 나타났다. 다섯 사람이 더 들어서니까 방 안은 옴치고* 뛸 수 없을 만큼 비좁았다. 곧바로 시장 바닥에서 이름났다는 염습장이* 영감이 손수 지게에 관을 지고 왔다. 그는 병풍

*옴치고 : 몸이나 몸의 일부를 오그리어 작아지게 하고.

90

을 치우고 아홉 명의 제자가 거들며 바라보는 가운데 치우 선생의 염을 시작하였다. 옷을 벗기자 드러난 선생의 신체는 우리가 학교 다닐 때 망막에 담아 두었던 모습이 아니었다. 머리카락은 양 귀 위로 겨우 몇 오라기가 떨어지지 않으려는 듯 가는 검불처럼 붙어 있었고 볼은 홀쭉하였고 새가슴처럼 앙상한 갈비뼈 밑으로 배는 등짝에 붙은 듯이 납작하였으며 두 다리는 다큐멘터리에서 볼 수 있는 에티오피아 난민의 아이처럼 가늘고 짧았다.

"아……."

영천 시장패를 제외하고 나머지 우리는 순간적으로 신음을 토해 내며 잠시 고개를 돌렸다. 짐짓 부려 본 몸짓은 아니었다. 찰나였으나 우리는 진심으로 참회의 마음을 품었던 것이다. 염습장이 영감은 아무런 표정도 없이 기계적으로 선생의 몸을 씻고 우리의 도움을 받아 옷을 입히며 염포*로 몸을 묶었다. 그리고 관 안에 시신을 모시고 땅땅 뚜껑을 덮었다. 다시 병풍이 쳐졌다.

"이 양반 말년에 고생이 심하더니 그래도 자네들 덕분에 좋은 세상에 갈 거구먼."

염습장이 영감은 중얼중얼 말하면서 소주 몇 잔을 마시더니 기태에게 관 값과 삯을 받고 젊은 스님과 더불어 방을 나갔다. 다시

---

*염습장이 : 죽은 사람의 몸을 씻긴 뒤에 옷을 입히고 염포로 묶는 일을 하는 사람.
*염포 : 염습할 때에 시체를 묶는 베.

술자리가 벌어졌다.

"자네 쓰고 있는 것 치우 선생의 빵모자가 아닌가?"

동창생들의 소식담이 오고 간 뒤 끝에 남필구가 그때까지 기태가 무심코 쓰고 있던 베레모를 가리켰다.

"응. 맞아."

기태는 모자를 벗었다.

"쓰고 있는 것보다 선생 머리맡에 모셔 놓는 것이 좋지 않을까?"

점잖게 남필구가 말했다.

"그러지 말고 내가 유품으로 보관하도록 하지. 우리 동창회 사무실에 모셔다 놓으면 오고 가는 친구들이 보고 선생을 회상할 수 있을 테니까. 어떤가?"

박월진이 제안했다. 모두들 훌륭한 생각이라고 손뼉을 치며 환호하였다. 박월진은 수십억 대의 갑부로 소문이 나 있었다. 학생 시절 그는 당인리에서 우리 학교를 다녔는데 운동화에는 뽀얀 먼지가 아니면 뻘건 진흙이 더께로 묻어 있었다. 신촌의 먼지 나는 길로 버스를 타고 오거나 말바위산을 넘어 다녔기 때문이었다. 그의 아버지는 논밭을 별로 많이 가지고 있지 않았으나 수만 평의 나지막한 임야를 가지고 있었다고 했는데 그것이 나중에 도시가 팽창하면서 금값이 되어서 일거에 돈방석에 앉았다는 사람이었다. 그러나 그의 아버지는 그 재산을 써 보지도 못하고 간암으로 세상을 떴으므로 그는 그것을 고스란히 물려받았다. 소문에 따르면 그는 군소 빌딩만 하더라도 다섯 동이나 소유하고 있고 강남 어딘가에 백화점을 신축할 계획도 세우고 있다고 하였다. 모르긴 해도 지방 출신인 남필구나 이름도 잘 생각나지 않는 세 동창생은 그의 그늘에서 기생하는 건달일 것 같았다. 그가 한마디만 꿈쩍 해도 상전을 모시듯 굽실거렸고 공대*에 가까운 말투로 대답하였다.

"선생에겐 딱하신 일면도 있었으나 학생 시절 우리가 좋아했으므로 마음속에 새겨 둘 만한 가치가 있는 분이지. 안 그렇소, 박 회장?"

남필구가 말길을 돌려 아첨하듯 말하자 박월진은 입을 일자로 꾹 다물고 엄숙하게 고개만 끄덕거렸다.

"그런데, 딱하신 일면이란 뭐야?"

승남이 고까운 듯이 투박하게 물었다.

"아, 왜, 생각 안 나? 처신을 잘못해서 학교를 그만두시게 된 것 말이야."

졸업반 때였다. 선생은 2학년을 가르쳤으므로 우리와는 다소 소원히 지내던 무렵이었다. 그해 가을, 선생은 교사라는 직업과 영영 헤어지고 말았다. 선생은 2학기가 시작된 지 1주일째 되던 날 경찰에 연행되었다. 닷새 동안 연행되어 있을 때, 어디서부터 나왔는지 경찰이 선생을 심문한 내용이 화제로 퍼졌다.

* 공대 : 상대에게 높임말을 함.

북에 있을 때 신분은 무엇이었나? 어떻게 해서 군대에 가지 않았나? 어떻게 해서 학생들을 가르치게 되었나? 왜 학생들에게 공부는 가르치지 않고 나폴레옹에 관해서 이야기하는가? 학생들에게 혁명적 열기를 주입시키기 위한 의도가 개재해 있는 것이 아닌가? 왜 학생들에게 공부는 가르치지 않고 쓸데없는 시 나부랭이를 읊조리는가? 그중에는 빨갱이 시도 있고 소련 사람의 시도 있다고 하던데? 당신은 학생들 앞에서 혼자 변사 노릇도 한다던데 정신병자가 아닌가?

결론적으로 당신은 공산주의자거나 아니면 정신병자이다. 그러므로 교사 자격이 없다. 치우 선생은 자유당의 말기적 증상이 노골화하고 있던 그 시기에 정신병자로 낙인이 찍혔다. 어깨가 축 처져서 경찰서에서 나와 학교로 돌아왔으나 이틀 뒤에 파면 통고를 받았다.

학생 자치회에서는 공산주의자도 정신병자도 아닌, 오직 너무나 인간적인 낭만주의자일 뿐이라고 주장하면서 이틀 동안 교실에서 농성을 벌였으나 허사였다. 역사의 수레바퀴는 갈대숲에 가린 늪을 향해 굴러갔다.

기태와 나는 벼르고 벼르다가 1주일 만에 선생의 하숙방을 찾아갔으나 선생이 작별을 고한 지가 벌써 나흘이 되었다고 주인 아주머니가 전해 주었다. 그 후 선생의 모습은 영천 일대에서 볼 수가 없었다. 소문은 꼬리의 꼬리를 물고 우리 주변에 맴돌았다. 누구는 자살하였다고 하고, 누구는 4·19 직후 휴전선을 넘어 북으로 갔다고도 하고, 누구는 미쳐서 삼남을 행려병자처럼 떠돈다고도 하여 선생의 행방에 대한 추측은 구구하였다.

위엄을 떨고 있던 박월진이 무겁게 입을 열었다. 그의 목소리는 나지막했으나 자리에 없는 사람들에 대한 비난기도 섞여 있었다.

"참으로 유감이야. 치우 선생이 우리 학교에 재직하신 것이 4년 가까이 되는데 다른 기에서는 한 놈도 코빼기를 내보이지 않으니 이럴 수가 있나?"

그리고 그는 근엄하게 우리를 둘러보았다.

"다른 기에는 알리지 않았어. 워낙 예기치 못한 일이라 창망* 하였구, 또 화장으로 모실 바에야 우리로서도 충분하다고 생각했지."

기태가 변명하였다.

"아무튼 선생이 이렇게 쓸쓸히 돌아가시게 된 것은 너남직할 것 없이 우리가 선생님을 너무 소홀히 대한 탓이야. 늦기는 했으나 장례를 치르고 나서 나는 기동창회장으로서 선생의 죽음을 총동창회에 보고하고 장학 기금을 조성할 생각이야."

"그게 가능할까? 선생은 고작 4년도 채 못 되는 기간 봉직했고 명예롭지 못하게 쫓겨나다시피 그만두었어. 그전이나 그 이후의 동창들은 선생을 모를 뿐더러 여러 가지의 의혹 때문에 학교에서

* 창망 : 근심과 걱정으로 경황이 없음.

도 달가워하지 않을 거야. 그저 선생의 죽음은 그의 생전을 기억하는 몇몇 동창의 개인적 추모로 끝났으면 해.”

나는 무엇보다도 선생의 죽음을 자신의 인기를 위하여 이용하려는 박월진의 속셈이 불쾌하였다. 그는 다음 동창회에서 총동창회장에 입후보할 생각을 가지고 있으며 장차 정계에서 입신하기 위하여 지연과 학연을 단단히 구축하고 있다는 설도 들어 알고 있는 터였다. 아무려나 그가 입신양명하고 부귀영화를 누리겠다는 데 대해서 배 아파할 까닭이 내게는 추호도 없었다. 다만 치우 선생이 그를 위한 제물이 될 수는 없다는 생각이었다. 치우 선생과 그는 별종의 인간이었다.

내 말에 박월진 본인보다도 남필구가 묘한 반응을 보였다. 술을 할 줄 모르는 그의 얼굴은 소주 몇 잔 마신 탓으로 빨갛게 달아올라 있었는데, 나를 노려보느라고 더욱 빨개졌다. 귓볼과 목 언저리까지 새빨개진 그는 가쁜 숨을 훅훅 뿜으며 말하였다.

“불가능이란 내 사전에는 없다. 바로 치우 선생이 나폴레옹을 통해서 가르쳐 주신 말씀이었지. 이쪽의 추진력이 문제지 모교나 동창생들의 의견 따위는 필요 없다고 생각해” 하고 그는 슬쩍 박월진의 눈치를 살폈다. 그러자 박월진이 알았다는 듯 고개를 끄덕거렸다.

“장학금이 없어 쩔쩔매는 마당에 모교에서 마다할 까닭이 없어. 그리고 총동창회에선 간부 몇 사람만 구슬리면 모두 동의할

거구. 동창생들이 돈을 내지 않는다면 내 단독으로 기금을 내겠
어.”

박월진의 결단력에 그의 휘하 친구들은 물론, 영천 시장패까지
와와 하고 환성을 질렀다. 나는 무엇인가 더 강변하고 싶었으나
그럴수록 소외감만 깊어질 것 같아 소주잔을 홀짝거렸다.

그것으로써 치우 선생 기념 사업의 건은 일단락되었다. 생전에
괄시받고 외롭게 거지처럼 살았던 선생은 죽어서 모교에나마 작
은 이름을 남기게 된 것이었다.

“자, 그럼 우리 화투 놀이나 좀 해 볼까?” 하고 벌써부터 준비해
두었던 듯 승남이 잠바 주머니에서 화투짝을 꺼냈다. 박월진과 남
필구와 나를 제외하고 여섯 명이 화투짝을 중심으로 원을 그리며
모여 앉았다.

“자, 그럼, 놀고들 있게. 박 회장은 사업 관계상 약속이 있어서
부득이 나갔다가 아침에 돌아올 거야.”

남필구가 앞장서며 방을 나가면서 박월진에게 고갯짓을 하였다.

“12시가 넘었어” 하고 기태가 그때까지 그가 갖고 있던 선생의
베레모를 박월진에게 넘겨주었다.

“그렇지만 그 사람들, 마냥 기다리게 할 수는 없잖은가?”

그 사람들이 누군지는 알 수 없었으나 박월진은 베레모를 한 손
으로 우그러지게 움켜쥐면서 볼멘소리를 내뱉고 밖으로 나갔다.
내일 아침에는 꼭 오게. 시장패들이 한마디씩 하였더니 그럼, 그

럼 하는 코맹맹이 소리가 마루 끝에서 들려왔다.

난, 장례엔 참석할 수 없을 거야. 화장장까지 따라갔다가는 하루 시간을 허비하게 되니까. 그럴 수 없지. 김정호와의 일을 매듭지어야 해. 공연 날짜가 사흘밖에 남지 않았는데. 오늘 밤샘을 하는 것으로 치우 선생에 대한 추모를 끝낼 수밖에 없다.

나는 일어나서 장기판만 한 창문가로 다가가서 밖을 내다보았다. 아카시아 꽃향기가 코끝을 스쳤다. 나는 그 냄새를 욕심을 내며 가슴 깊숙이 빨아들였다. 교도소 망루의 불빛이 안개에 싸인 듯 멀리 보였다. 교도소 벽돌담 왼쪽으로 헤드라이트 불빛이 출렁거리는 것으로 보아 박월진의 차가 언덕을 내려가고 있는 모양이었다. 중심가의 불빛은 많이 사그라져 있었으나 박월진이 사업상 누군가를 만나듯이 더러는 불빛을 켜고 깨어 있었다. 이제 저 큰 도시는 완전히 잠드는 법이 없었다. 나는 눈을 지그시 감았다. 방안에 떠도는 짙은 만수향* 향내를 누르고 아카시아 꽃 내음이 한층 그윽하게 코끝에 감돌았다. 아카시아는 창가와는 반대쪽인 산비탈에 자라고 있었음에도 그리고 아직 만개하지 않았음에도 불구하고 어째서 그 향기가 맴도는 것일까. 나는 그 까닭을 이미 알아채었다. 그것은 환향(幻香)이었다.

내가 치우 선생을 만난 것은 고등학교를 졸업하고 실로 12년 만

* 만수향 : 여러 향료 가루를 반죽하여 국숫발같이 가늘고 길게 만든 선향의 하나.

이었다. 만났다기보다는 주간지의 연극 담당 말단 기자로 근무하고 있을 그 무렵, 선생이 나를 찾아왔던 것이다. 물론 나는 선생이 그 얼마 전부터 동창생들 사이에 나타나고 있다는 말을 들어 선생이 그동안 생존해 있었다는 것을 알고는 있었다.

"야, 어제 걸레가 내 신발 가게에 들렀는데 말씀이 아니더라."

기사를 넘기고 무료하게 앉아 조간을 기다리던, 유신이 굳던 그해 5월의 어느 날, 언제나처럼 느닷없이 기태가 전화를 걸어왔던 것이다.

"어디서 뭘 하셨대?"

내가 물었다.

"걸레가 그런 거 얘기하는 분이냐? 그렇지만 지금은 월부 책장사인 것만은 틀림없어. 날더러 무슨무슨 세계사를 한 질 구입하라고 하던데 요즘 장사가 되야지. 내겐 별로 필요한 것도 아니고. 사정사정해서 돌려보냈지. 그냥 소주 몇 잔 사 드리는 걸로 땜질을 했는데 안됐어. 후회가 되는걸. 내가 네 얘기를 했으니까, 오시거든 한 질 사 드려라. 넌, 아무래도 나보다 형편이 나을 테니까."

나는 걱정부터 앞섰다. 월급이라고 한 달에 2만 원밖에 받지 못하는 나로서는 아내와 자식 두 놈 거느리는 것조차 벅찼기 때문이었다. 나는 전화를 받고 며칠 동안 신문사에 들어가지 않고 밖으로 떠돌았다. 나흘 만이었다. 저녁때 편집실로 올라가기 위해 현관 앞을 지나려는데 웬 허름한 옷차림의 중년 노인이 수위와 들어

가니 못 들어가니 하고 실랑이를 벌이고 있었다.

"이거 보시우. 내 제자를 만나러 간다는데 이런 법이 어디 있소?"

양복 차림에 등을 지고 있었으나 목소리가 낯이 익었다. 게다가 그 베레모를 쓰고 있는 모습이 틀림없는 치우 선생이었다.

"제자는 무슨 제자? 그 가방만 봐도 책 장사라는 걸 알 수 있는데."

나는 수위의 말을 귓가로 흘리면서 몰인정하게 뒤돌아 몇 걸음 밖으로 나왔다. 그리고 우뚝 멈추어 섰다.

그럴 수가 없어. 한 학기 옷깃 스치듯 지나간 분이지만 이처럼 모든 제자들에게 한결같이 냉대를 받는다면…….

나는 되돌아 선생 곁으로 다가갔다.

"선생님, 저……."

선생이 고개를 돌려 나를 쳐다보았다.

"오오, 이동수 기자!"

그는 온 얼굴에 환한 반색을 띠고 배우처럼 과장된 몸짓으로 나를 얼싸안았다.

"내가 자네를 찾아오지 않았겠나?"

"알고 있습니다. 밖으로 나가시죠."

나는 그의 낡은 가죽 가방을 받아 들고 앞장서 현관 밖으로 나갔다. 선생이 잽싼 발걸음으로 나를 따라왔다. 나는 그를 청진동

족발집으로 안내하였다.

"이거, 이거 술이라면……."

내가 소주를 시키자 그는 겁먹은 듯이 사양하려고 들었다. 나는 처음에 그가 병이라도 들었는가 싶어 시킨 술을 취소하려고 하였다.

"그럴 것까지는 없네. 만나는 제자마다 내게 술을 권하니까."

나는 알아채었다. 만나는 제자마다 책을 사지 않고 얼렁뚱땅 술 한잔을 마시게 하여 돌려보내는 것을 그가 겁내고 있음을.

"선생님, 왜 저를 찾아오셨는지 잘 알고 있습니다. 제가 선생님의 세계사 한 질을 사지요. 월부이긴 하지만요. 걱정 마시고 출출하실 텐데 한잔 드십시오."

"야, 듣던 중 반가운 소리로군."

그는 그날 내 앞에서 그렇게 매기 싫어하던 넥타이를 풀어 헤치고 몸을 가눌 수 없을 만큼 술을 마셨다. 나도 어지간히 취하였다. 아마도 술기 탓이었으리라. 그가 나를 그의 방으로 끌고 갔던 것이다.

갈현동 너머 산비탈에 매달린 어느 일각 대문집 끝방이었다. 방 한쪽에 모서리 철사가 삐져나온 비닐 옷가방과 그 위에 개켜 얹어놓은 더러운 이불 한 채만이 덩그마니 놓여 있고 그 밑에 신지 않은 흰 고무신 두 켤레가 있었을 뿐 아무것도 없었다. 방 천장 한가운데 달랑거리며 매달린 전등 빛이 사면 벽에 도배한 신문지를 비취 주고 있었다. 내가 방 안을 둘러보자 그가 말했다.

"자세히 살펴보면 자네 이름이 박힌 신문 기사도 있다네."

"그럼, 제가 어디 있는지 기태가 가르쳐 드린 것이 아니고 전부
터 알고 계셨다는 말씀이신가요?"

나는 사 가지고 간 소주병을 이빨로 따면서 말하였다. 그가 끄
덕거렸다.

"기태란 놈 기특하기도 하지. 내게 만 원을 주면서 저 고무신까
지 얹어 주었으니까."

그러니까 기태는 내게 전화에 대고 선생에게 소주 몇 잔 사 드
렸다는 말만 하였으나 나름으로 인사치레는 했던 것이다.

나는 그때 문득 아카시아 꽃향기를 맡았다. 처음에는 그 향기를
의식하지 못했으나 그것은 내 취기를 몰아내며 그윽하고 달콤하
게 나를 감싸는 것을 의식하였다. 한 작은 창문이 열려 있었고 만
발한 하얀 아카시아 꽃이 창문을 가득 메우고 있는 것처럼 보였다.

"아카시아 꽃향기가 좋군요" 하고 내가 말하였다.

"뒤가 바로 동산이야. 내가 이곳으로 이사 온 것은 지난겨울이
었지만, 창가에 아카시아 숲이 있는 것을 보고 방을 정하기로 했
지."

선생은 자리에서 일어나려고 움찔거리다가 무슨 생각에선지
도로 주저앉았다.

"선생님께서 아카시아 꽃을 좋아하시리라곤 생각 못했어요. 무

슨 이유라도 있으신가요?"

나는 선생의 고향 뒷동산에 아카시아 숲이 있었다는 내력이라도 들을지 모른다는 기대감에서 말하였으나 그는 빙긋 웃으며 내 기대를 무너뜨렸다.

"이유는 무슨 이유? 그저 좋을 뿐이야."

그러나 나는 그에 대하여 궁금한 것이 너무나 많아서 가만히 있을 수가 없었다.

"선생님께선 그동안 어디 계셨습니까?"

"그게 뭐 그다지 중요한가? 어머니의 자궁으로부터 어떻게 나와서 생을 얻고 살다가 가는 죽음이 무엇인지 아는 사람은 아무도 없다네. 이론적으로는 가능하지만 그것을 체험해서 아는 사람은 이 세상에 없어. 그러니 탄생과 죽음 사이의 삶이란 것도 별 의미가 없는 것이지. 그러니 어떤 사람이 어디서 무엇을 했건 그게 뭐 그다지 중요한가? 다만 본질은 버릴 수 없지. 그것이야말로 생 이전과 죽음 이후를 연결하는 한 가닥의 끈과 같은 것이어서 말이야. 나는 차라리 비본질적인 것을 하나하나 떨어 버리려고 해. 사람에겐 피와 뼈와 정신과 그것을 감싸는 가죽만 있으면 돼. 윤기 흐르는 비곗살 따윈 비본질적인 것이지."

나는 그때 선생이 변했다고 생각했다. 우리의 소년 시절을 이상으로 채워 주었던 이 사람이 이제 허무주의자로 전락해 버렸다고 느꼈다. 그렇다면 왜 구차하게 책 장사를 하면서 연명을 하시려고 합니까? 하는 말이 입 안에서 뱅글뱅글 도는 것을 끝내 목젖 너머로 삼켜 버리기는 하였으나 선생이 어쩌면 죽음을 준비하고 있는지도 모른다고 생각하였다.

"선생님, 요즘도 시를 읊으십니까?"

나는 기자적인 근성으로 다그쳤다.

"읊지. 그것은 본질적인 것이니까. 헌데 세상이란 그걸 싫어해. 비본질적인 것을 좋아하더군. 난 지난겨울까지만 하더라도 지방 도시에서 학원 강사를 한 3년 했더랬지. 허허허······."

선생은 말하다 말고 잠시 허탈하게 웃었다. 이런 이야기가 무슨 소용이 있겠는가 하는 자조가 담겨 있었다.

"나폴레옹과 시와 모노드라마······. 유신 전까진 그게 먹혀들어 가더니 유신 후로는 먹혀들지 않더군. 결국 쫓겨났다네."

그날 밤 선생의 그간의 행적에 대해 알아낸 것은 그것뿐이었다. 선생이 몇 편의 시를 소리 높여 읊은 것 같았으나 아침에 깨어났을 때에는 그것이 무엇이었는지 단 한 편도 기억에 떠오르지 않았다. 선생은 그날로 내 책상에 세계사 한 질을 갖다 놓았고 나는 3개월 만에 전 대금을 지불하였다. 그리고 선생은 다시금 내 앞에 나타나지 않았다.

그러니까 나로서는 내가 하룻밤 신세 진 바 있는 그 집을 선생이 언제 떠났고 이 아파트로 언제 이사 왔는지 알지 못하였다. 정말 그와 같은 일상사는 중요한 것이 아니었다.

장기판만 한 창문에 여명이 다가올 무렵 진기를 제외한 다섯 사
내는 어느새 화투짝을 집어치운 듯 서로 다리를 얹고 코를 골며
잠에 떨어져 있었다.

"바람 좀 쐬고 오겠어."

내가 진기에게 말했다. 머리를 괴고 비스듬히 누워 있던 진기가
상체를 일으켰다.

"같이 가자구."

둘은 아파트 복도로 나왔다. 난간 너머 산비탈에는 아직 피지
않은 듯이 보이는 아카시아 꽃이 주렁주렁 매달려 있었다. 우리는
어두컴컴하고 더럽고 냄새나는 층계를 몇 번 돌아 밖으로 나왔다.

남산 타워 저쪽으로 먼동이 트고 있었다. 나는 아파트 건물을
돌아 산 쪽으로 올라갔다.

"어디로 가는 거야?"

진기가 어리둥절해서 물었다.

"아카시아 꽃을 따려고……."

"그건 왜?"

"선생이 좋아했어. 관 위에 꽃을 덮어 드리고 싶어."

나는 이 산에서 초등학교 때 산딸기를 따 먹은 것을 떠올리며
비탈을 올랐다.

"선생이 아카시아 꽃을 좋아했다니 금시초문이야. 아무튼 꽃을
덮어 드리는 일이야 나쁘지 않지."

이윽고 햇살이 퍼지더니 그것은 흰 꽃봉오리 위로 눈부시게 꽂혀 왔다. 해가 솟자 햇살은 온기를 뿜으며 더욱 넓게 더욱 선명하게 쏟아졌다. 나는 그 순간 웅그리고 있던 꽃봉오리들이 하나둘 꽃잎을 벌리며 피어나는 것을 보았다.

진기와 나는 어린아이처럼 각기 나무에 매달려 기어 올라갔다. 옛날처럼 쉬운 일은 아니었으나 즐거웠다. 조심스럽게 나뭇가지를 타고 나가 꽃을 따 떨어뜨렸다. 옷과 손이 가시에 긁히었으나 쉬지 않았다.

"선생이 요즘 무얼 해서 연명했는지 알아?"

진기가 저쪽 나뭇가지에서 소리쳤다. 나로서는 알 턱이 없었다. 그 점에 대해서 알고 있던 사람들이 입 열기를 꺼려 했었다.

"영천 시장에서 지게를 졌어. 하지만 옛날처럼 지게 벌이가 있어야지. 끼니를 거르신다는 말을 들을 때면 우리가 가끔 쌀말이라도 보태 드리곤 했었지."

시장패들은 역시 따뜻한 마음을 지녔다. 그들은 선생이 살아 있을 때 선생을 도왔다. 그가 타계한 뒤에 장학 기금을 조성하고 꽃을 꺾는 것은 우스꽝스런 일이다. 그러나 꽃이라도 덮어 주지 않는다면 내가 할 일은 아무것도 없을 것 같았다.

진기와 나는 꽃을 떨어낸 줄기를 끈 삼아 꽃 타래를 만들었다. 관을 충분히 덮을 수 있을 만큼.

10시가 되었지만 박월진과 남필구는 나타나지 않았다. 우리는 기다리다 못해 영구차가 서 있는 아파트 밖으로 운구하였다. 나는 시장패의 간청에도 불구하고 다시금 영구차를 타지 않았고 차는 미적미적 떠났다. 나는 어느덧 그들과 행동을 같이할 수 없는 인간으로 변모해 있었다.

나는 영구차 사라진 콘크리트 길을 따라 천천히 걸어 내려갔다. 한 굽이를 돌았을 때였다. 이슬이 투명하게 방울방울 맺힌 길가 풀숲 위에 얹힌 검은 물건을 보았다. 나는 그것이 헝겊 쪼가리인 줄로 알고 무심히 지나치려다가 무엇인가 목덜미를 잡아채는 것 같아 되돌아 풀숲으로 돌아갔다. 그것은 눈에 익은 치우 선생의 베레모였다.

나는 그것을 주워 들고 한참 멍하니 서 있었다. 분명히 박월진은 간밤 유품으로 보관하겠다고 모자를 가지고 나갔었다. 그런데 왜 여기에 떨어져 있을까. 박월진이 일부러 버린 것일까. 그렇다면 그가 간밤에 그토록 강변하던 논리와 앞뒤가 맞지가 않았다. 나는 이해할 수가 없었다.

나는 축축한 그 모자를 내 머리에 얹었다. 갑자기 아카시아 꽃향기가 코끝에 물씬 와 닿았고 정신이 명료하게 맑아 왔다. 어쩐지 나는 다시 태어나는 것 같은 느낌이 들었다.

나는 아카시아 꽃의 꽃말이 무엇일까 한번 찾아봐야겠다고 생각하였고, 의식적으로 김정호의 건을 뇌리에서 몰아내고 버스를 뒤따라 화장터로 갈 택시를 조바심을 내면서 기다렸다.

리빠똥 장군

1

연대에 리빠똥 장군이 부임해 오리라는 소문이 나돌고부터 장
사병*들은 사기가 꺾여 있었다. 그의 비인간적인 통솔 방법은 군
단 내에서도 꽤나 이름이 나 있었기 때문이었다. 특히 연대 본부
의 장교들은 집무 시간에도 일손이 잡히지 않아 전전긍긍했으며
한둘만 모여도 리빠똥 장군의 과거 행적을 하나하나 들춰내어 두
려워하기도 하고 비웃어 주기도 했다. 지휘관이란 부하들의 비위
에 꼭 맞아떨어지기가 어려운 것이었지만, 장군에게서는 긍정적
으로 받아들일 수 있는 면이라고는 눈곱만큼도 찾아볼 수가 없었
던 것이다.

때는 아침저녁으로 서늘한 바람이 철조망 사이로 살금살금 넘
나드는 가을이었다. 식사 시간에 식당에서 먼저 식사를 끝내고 나

*사병 : 장교와 사병을 아울러 이르는 말.

온 사병들은 양지바른 식당 벽가를 따라 떼를 지어 웅성거렸는데, 그 내용은 장군에 대한 전설적인 일화에 대한 것들이었다. 고위층을 알고 있는 장교들은 이 연대를 떠나야겠다고 푸념처럼 뇌까렸다. 화났을 때 그가 사용하는 주특기는 부하들의 정강이를 군홧발로 차는 것으로, 이름하여 '쪼인트 깐다'였다. 그것이 터졌을 시기를 대비하여 고위층에 연줄이 없는 장교들은 집무실에 모여서 군홧발을 피하는 시늉으로 깡충깡충 뛰는 연습을 하면서 법석을 떨기도 했다.

마침내 리빠똥 장군이 부임했다. 그러나 다른 부대로 전출한 장교는 한 명도 없었고, 간단한 취임사로 연대 장병들에게 선을 보인 장군은 이후 소문이 무색하도록 침묵을 지켰다. 하지만 그것은 폭풍 전야의 고요한 바다였을 뿐, 드디어 전 부대가 그의 힘에 부대껴야 할 날은 닥치고야 말았다.

먼저 알아 둘 일은, 리빠똥 장군이란 실제로 별을 딴 장군이 아니라 그다지 달갑지 않은 별명에 지나지 않는다는 것이다. 그의 계급은 대령으로 연대 지휘관이었다. 그도 남들처럼 장군을 바라기는 했지만 그것이 그리 쉬운 일이 아니라는 것을 여러분도 잘 알 것이다.

그가 대대장 시절 때의 이야기다. 하도 시달림을 받던 인사 행정관이 하루는 그의 마음을 흐뭇하게 해 주어야겠다고 생각했다. 인사 행정관은 결재 때마다 꼬투리를 잡혀 욕설 세례를 받거나 구

110

듯발에 차이지 않으면 결재 서류가 대대장실이 좁다고 날아다니는 판이니, 실상은 대대장이 폭군처럼 보이기도 했을 것이다. 그래서 그는 폭군을 어르면서 조금은 놀려 주어야겠다고 마음먹었던 것이다.

"대대장님, 요즘 장사병 사이에서 들리는 말에 의하면 장군을…… 아니 대대장님을 장군이라고 부르고 있습니다. 리빠똥 장군이라고……."

"허, 리빠똥 장군? 그래, 리빠똥 장군이란 어떤 사람이었나?"

중령 계급장을 달고서 장군이라는 말을 들으니 미상불* 기분이 좋은 것 같았다. 그래서 용기를 얻은 인사 행정관인 그 중위는 옆방의 전령들이 들을 만큼 큰 소리로 외쳐 댔다.

"리빠똥 장군이라 하면……."

그리고 또 대대장의 눈치를 살폈다.

"빨리 말해라, 이거 더듬기는."

"네, 빨리 말하겠습니다. 리빠똥 장군이라 하면, 저 나폴레옹의 유명한 참모였습니다."

"허, 그래?"

"더 구체적으로 말씀드리면, 나폴레옹이 백전백승한 것은 모두 리빠똥 장군의 우수한 작전 계획을 그대로 실천했기 때문이라고 합니다."

*미상불 : 아닌 게 아니라 과연.

그날 그 중위는 이례적으로 거침없이 1주일간 밀렸던 서류에 결재를 얻었다. 내내 장군이라는 별칭에 기분이 흐뭇했던 대대장은 역사책을 뒤적였고, 마침내는 열흘이나 걸려 일본에서 발간된 『세계 인명 대사전』을 구해다가 눈을 까뒤집고 찾아보았다. 그러나, 안타깝게도 리빠똥 장군이라는 이름은 나타나지 않았다. 낮이나 밤이나 리빠똥이라는 이름이 그의 머리 안에 뱅뱅 돌고 떠나지를 않았다. 그런데 어느 날 밤, 그는 불을 끄고 침대에 누워 역시 리빠똥을 생각하고 있었는데 느닷없이 파리 한 마리가 그의 벗겨진 이마 위에 사뿐히 앉는 것이 아닌가.

"이놈의 똥파리가!"

그는 이마를 손바닥으로 탁 쳤다. 그러자 번개처럼 그의 머리를 스치고 지나가는 지혜가 있었다. 리빠똥, 리빠똥, 리파똥파리똥파리, 똥파리…….

아아, 그것은 다름 아닌 똥파리 장군이었던 것이다. 다음 날 아침, 대대장이 인사 행정관인 그 중위를 대대장실로 호출하였음은 불문가지*였다.

"뭐, 리빠똥 장군이 나폴레옹의 참모였다구? 이 새끼, 대가리에 피도 안 마른 새파란 새끼가 상관을 가지고 놀아? 이 새끼, 다시 한 번 말해 봐라."

그는 중위의 얼굴과 배, 다리를 손과 발로 치고 차면서 고함을

* 불문가지(不問可知) : 묻지 않아도 알 수 있음.

112

질렀다.

"이 새끼, 다시 한 번 말해 보라니까."

중위는 토끼처럼 이리 뛰고 저리 뛰면서 대대장실 안을 맴돌았다. 결국 한 번 더 불러야 할 것 같았다. 그래서 죽었다 싶었지만 목청껏 외쳐 댔다.

"리빠똥 장군!"

옆방에서는 전령들이 이 소란을 듣고 있었다. 중위가 대대장실에서 기진맥진 흐느적거리며 나왔을 때는 이미 리빠똥 장군이라는 별명이 말 많은 전령들의 입을 통해 전 대대로 퍼져 나가고 있었다. 리빠똥, 똥파리 장군.

이 전설 같은 별명을 지닌 리빠똥 장군이 부임해 오고 1주일쯤 지났을까, 연대에 월남 전선에서 돌아온 중위 하나가 부대 정훈관*으로 전임돼 왔다. 장군의 괴팍한 면모는 이 중위로부터 나타나기 시작했다. 중위의 이름은 정호영이라 했다. 한마디로 그의 얼굴은 고릴라 상이었다. 이마는 별로 넓지 않았으나 납작코에다 턱이 유난히 길면서 앞으로 휘어져 나와 있었다. 1미터 76센티미터의 키에 어깨가 떡 벌어졌다. 그가 특이한 존재로서 인상을 굳히게 된 것은 전임돼 온 다음 날 신고 때였다. 리빠똥 장군과 고릴라 중위가 운명적으로 마주친 것이었다.

*정훈관: 군인을 대상으로 한 교양·이념 교육 및 군사 선전, 대외 보도 등에 관한 일을 통틀어 담당하는 직책.

"뭐 똥파리 장군이라고 인간이 아니겠능교?"

인사 참모 조 소령이 정 중위에게 들어가서 정신 똑바로 차리고 무엇을 물으면 장교답게 표준어를 사용하여 명확한 발음으로 답변해야 한다고 예비 지식을 주자, 그가 되받은 말이었다. 그러나 막상 연대장실로 들어갔을 때 그는 바닥에 칠한 에나멜의 붉은 색깔 때문에 머리가 어지러웠다. 그것은 피, 피를 연상시켰다. 그는 부동자세로 서서 조 소령의 소개가 끝나기를 기다렸다.

"월남에서 귀국해서, 휴가가 끝나고 전임 온 정호영 중위입니다. 지난번 결재 때 말씀드린바 있는……."

정 중위에게 명확한 발음으로 답변하라고 말했던 장본인인 조 소령의 음성이 오히려 와들거려서 안쓰러울 지경이었다. 리빠똥 장군은 얼굴을 한 번 들어 툭 튀어나온 두 눈으로 정 중위를 흘끗 보았을 뿐, 읽고 있던 신문에 다시 시선을 꽂고 침묵을 지켰다. 그러자 조 소령은 정 중위의 옆구리를 쿡 찌르고 빨리 신고를 하라고 눈짓을 했다. 정 중위는 목청에 힘을 모으고 소리 질렀다.

"중위 정호영은 일천구백육십팔년 10월 18일 귀국, 중대로부터 본연대에 전입되었기에 신고합니다."

여전히 리빠똥 장군은 쿠션에 묻힌 채 꼼짝도 하지 않았다. 다급해진 것은 정 중위보다 조 소령이었다. 그의 생각으로는 정 중위의 신고에는 틀린 데가 없었다. 발음도 떨면서 우물쭈물하는 자기보다는 월등히 좋았다. 그럼에도 무엇인가 리빠똥 장군의 비위에 맞지 않는 것이다.

"자네 신고하는 데 왜 그리 악을 쓰나? 좀 조용히 하게."

조 소령은 장군의 눈치를 보면서 한마디했다. 그래서 정 중위는 조금은 낮은 목소리로 반복했다. 그래도 역시 끄덕도 않는다. 더 이상 두 사람은 할 말이 없었다. 그렇게 부동자세로 10분 이상은 서 있었을 게다.

"어떻게 하면 좋으시겠습니까?"

마침내 이렇게 말한 것은 조 소령이 아니라 정 중위였다. 서서히 신문이 얼굴에서 걷혀지고 새파란 불똥을 튕기듯 노려보는 리빠똥 장군의 두 눈이 나타났다.

"흥!"

장군은 코웃음을 쳤다.

"나가서 처음부터 다시 들어와."

두 사람은 연대장실을 나왔다.

"이봐, 정 중위. 이번엔 자네만 들어가게. 소개는 된 거니까. 나는 더 들어가 고생할 필요가 없다고 생각해. 자, 노크를 해 가며……."

조 소령은 날 살리라는 듯이 꽁무니를 빼고 달아났다.

"제에길 조까치."

정 중위는 연대장실 문을 두드렸다. 반응을 기다렸으나 아무 소리도 없었다. 또 두드렸다. 그래도 무반응이라 문을 열고 성큼 들

어서고 말았다. 핏빛 같은 에나멜 바닥. 맞은편 벽에는 대통령에
서부터 사단장까지의 사진이 너덧 개 주욱 붙어 있고, 오른편 벽
에 완전 무장의 배낭이 하나, 그 위에 철모가 얹혀 있고 권총 탄띠
가 총이 든 채 축 늘어져 걸려 있다. 왼쪽에는 연대기와 전통에 빛
나는 각종 경연 우승기들이 기폭을 늘어뜨린 채 세워져 있다. 맞
은편 사진이 붙은 밑에는 창문이 있었는데, 그 너머로 두 해가량
자라난 포플러의 줄기가 바람에 흔들리는 것이 보였다. 사양*이
나뭇가지 위를 지나 땅에 떨어지고, 그것을 받으며 낙엽이 몇 잎
뒹굴고 있었다. 그는 될 수 있는 대로 바닥을 보려고 하지 않았다.
자꾸만 회상되는 것이 있기 때문이었다. 어찔하는 현기증이 때때
로 그의 뇌리를 스쳐 갔으나 쓰러지지 않으려고 주먹에 힘을 주며
창밖으로 시선을 던졌다. 20분쯤 지났다. 차츰 리빠똥 장군은 인
간이 아닐는지도 모른다는 생각이 들기 시작했다. 정말 똥파리 같
은 존재일지도 모른다. 자기가 인간이라면 나도 인간인데 이렇게
골탕 먹일 수가 있을까.

"자네 월남서 몇 번이나 전투했나? 기록에 의하면 소대장을 한
것으로 되어 있던데."

느닷없이 신문 뒤에서 흘러나온 말이었다. 그동안이면 볼 만한
기사는 다 보았을 법도 한데 장군은 신문을 놓지 않았다.

"교전이 있었던 전투는 여섯 번입니다."

*사양: 서쪽으로 기울어진 해.

"많이 했다고 생각해?"

"제 생각에는 중간 정도라 생각합니다."

"자네 정훈관이 마음에 드나?"

"신통치 않은 보직이지만 해 보겠습니다."

리빠똥 장군의 마음이 좀 누그러졌다 싶었다. 그래서 그는 내킨 김에 아예 가슴에 품고 있던 말을 쏟아 놓고 말았다.

"그래도 학교 때는 문학을 한답시고 껍죽거리며 다녔으니까 말입니더."

하지 말았어야 할 말을 했는지 모른다.

"그래? 자네 경상도내긴가 본데, 무뚝뚝하지만 쓸 만하겠어. 자네, 내 부관 하지 않겠나? 말하자면 장군들은 부관을 거느리고 있지 않은가? 대령이라고 섭섭히 생각지는 말고…… 부관이 할 일도 겸임해야 진짜 정훈관이라 할 수 있지."

부드럽고 은근한 음성이었다. 이런 우라질, 그러나 직제상에 없는 대령 부관이지만, 이 마당에서 마다할 수 없는 처지가 아닌가.

"맞습니더. 장군이란 게 별거겠습니껴? 장군이 되는 거야 마음먹기에 달린 겁니더. 여기 서 있는 저라도 말입니더."

그러자 신문지가 요란한 소리를 내며 옆으로 제쳐지더니 리빠똥 장군이 헤벌쭉거리며 웃었다.

"좋아. 돌아가도 좋아."

2

그러나 정 중위는 직제상에 없는 부관직이나마 1주일도 안 돼 여지없이 박탈당하고 말았다.

"개새끼, 나도 장군이 될 수 있다고 떠들 때부터 어쩐지 머리가 돈 것 같았단 말이야. 초급 장교들의 해이해진 정신을 바로잡기 위해 정신 교육을 시켜야겠어. 인사 참모! 오늘 오후 1시에 전 장교를 식당에 집합시켜. 알겠어? 시간 엄수해서 말이야."

리빠똥 장군이 화를 내게 된 것은 사건 경위로 보아 당연한 것이었는지도 모른다.

지난 일요일의 일이었다. 일직 장교와 3분의 1의 잔류 장교 그리고 잔류 병력이 남아 있었을 뿐 장병이 외출을 나간 부대 안은 조용했다. 연대 연병장에는 몇몇의 병사들이 이따금 떼를 지어 지나가고, 한쪽 구석에서는 상의를 벗은 병사들이 배구공을 가지고 공중에 높이높이 쳐올리고 있었다. 리빠똥 장군도 외출을 나가 연대장실은 비어 있었다. 모처럼 장군의 시달림으로부터 벗어난 전령들도 창밖으로 한가한 연병장을 바라보며 고향 생각에 잠겨 있었을 때였다.

갑자기 뽀얀 먼지를 일으키며 도로를 따라 한 대의 지프차가 이쪽으로 달려오는 것이 창밖으로 보였다. 두 명의 전령은 장군이 오는가 보다 겁을 먹으며 재빨리 자리를 차고 건물 밖으로 뛰어나갔다. 지프차는 연대장실 앞에 와서 삐익 소리를 내며 멎었다. 한

118

데, 거기서 뛰어내린 것은 리빠똥 장군이 아니었다. 정면 한가운데에 한 개의 별이 번쩍거리는 작업모를 쓴 진짜 장군이었다. 전령들은 얼어붙은 듯 부동자세로 경례를 붙였다.

"이봐, 리빠똥 장군은 있는가?"

굵직한 목소리의 주인공을 전령들이 다시금 쳐다보았을 때, 그들은 아연실색하고 말았다. 그것은 다름 아닌 고릴라 정 중위였던 것이다. 전령들은 다시 한 번 말문이 막혀 입이 떨어지지 않았다. 입을 딱 벌리고 자기를 바라보고만 서 있는 전령들을 향해 그는 미친 듯이 소리 질렀다.

"리빠똥 장군은 있는가?"

"지금 안 계십니다."

"어디 갔어?"

"시내 외출 중이십니다."

"외출 중이라…… 두 시간 전에도 있었는데?"

중얼거리듯 내뱉고 나서 정 중위는 한동안 생각에 잠겨 자기의 발등을 내려다보았다. 그가 다시 얼굴을 들었다. 좀 전에 지프차에서 뛰어내릴 때와는 달리 양어깨가 축 늘어지고 두 팔은 고릴라의 그것처럼 덜렁거리며 매달려 있었다. 얼굴에서 핏기가 사라졌다. 전령들은 코스모스 꽃밭을 바라보는 가늘게 뜬 그의 눈에서 고릴라의 실의를 보았다. 그의 입술이 바르르 떨렸다. 드디어 전령들은 서로 눈을 끔뻑거리며 고개를 끄덕였다. 틀림없이 미친 것이다.

"저, 왜 그런 계급장을?"

그러나 정 중위는 들었는지 못 들었는지 몸을 돌려 훌쩍 지프차에 올라 운전대에 앉더니 액셀러레이터를 밟았다. 연병장을 한 바퀴 돌고, 먼지를 일으키며 그가 온 길로 되돌아 달아났다.

"정 중위가 미쳤다!"

두 전령의 입에서 이 말이 흘러나왔다. 그리고 그와 같은 사실이 리빠똥 장군의 귀에도 들어갔던 것이다. 그러나 리빠똥 장군은 정 중위가 미친 것이 아니라 자기에게 도전하려는 정신적 집착에 빠져 있을 뿐이라고 단정했다. 그는 정 중위가 초급 장교의 해이해진 정신을 대표하는 인물이며, 그것은 곧 지휘관에게 도전하는 초급 장교의 암적인 힘의 발작이라고 규정했다.

그날 오후 1시 정각, 연대 식당에는 스피커가 장치되고 소위부터 중령까지 백여 명의 장교가 집합했다. 장교들은 장군의 입에서 어떤 말이 나올까 두려우면서도 부임 첫 일성(一聲)이 되므로 진가를 측정할 수 있다는 기대를 품고 있었다. 3분이 지나자 조 소령의 "차렷" 하는 구령이 났다. 웅성대던 장내가 조용해졌다. 리빠똥 장군은 왼손에 윤이 나는 까만색의 짧은 지휘봉을 들고, 배를 불쑥 내밀고서 잔걸음으로 단 위에 올라섰다.

"군대의 지휘 계통을 문란케 하는 암적인 존재가 장교들 간에 섞여 있다는 말입니……."

경례를 받자마자 리빠똥 장군은 꽥 소리를 질렀다. 그는 '다' 자를 발음하지 않았다.

"내가 아는 상식으로는 질서라는 것은, 특히 군대에선 말이오,
질서라는 것은 규율을 어기지 않고 절대복종하는 데서만 유지되
는 거요. 내가 오늘 제관들을 집합시킨 것은 이와 같은 것을 공부
시키기 위해서요."

장교들은 벌써부터 입에 침을 물고 열변을 토하려는 장군의 비
위를 거스르지 않으려고 기침 소리조차 제대로 내지 않았다.

"군대에서는 불평불만이란 있을 수 없는 게야. 단위 부대를 지
휘 통솔하는 것은 지휘관이야. 연대는 내가 지휘하는 게야. 연대
안에서 일어나는 모든 일은 내가 책임져. 아무리 좋은 머리를 갖
고 있더라도 나의 머리를 혼란시킬 수는 없어. 요즘 장교들 간에,
특히 초급 장교들 사이에는 뚱딴지같은 짓을 하는 놈들이 있단 말
야."

어느새 그의 말은 지휘관답게 부하들에게 회오리바람을 일으
키고 있었다.

"초급 장교들은 이론이 서지도 않는 자유주의를 철조망 안에서
내세우고 있어. 내가 빨갱이놈들의 남침 전쟁 때 3백 회 이상이나
접전을 벌이면서 신조로 삼은 것은 군대 안에서는 자유고 평등이
고 나발이고 없는 거라는 게야. 나는 제관들을 지휘해. 제관들의
목숨은 나에게 달려 있어. 그런 책임을 국가가 나에게 부여했단
말야. 대령 계급장을 보기 좋으라고 달은 겐지 아나? 나는 이 연

대 안에서는 좋은 의미의 군주가 될 수 있어. 그런데, 보라구. 나를 무시하구 준장 계급장을 달고 부대 안을 쏘다니는 미친 고릴라 같은 놈이 있단 말야. 이건 다른 의미로 말하면 반역이요 쿠데타야. 그놈이 미쳤다고 방금 말했지만 미친 척하는 거지 실상은 미친 건 아니야."

그는 잠시 말을 멈추고 손등으로 입술의 침을 쓱 문지르고 나서 다시금 소리쳤다.

"정호영 중위, 앞으로 나와!"

고릴라 정 중위가 뒤에서 어깨를 축 늘어뜨리고 천천히 걸어 나가 장군 옆에 올라섰다. 정 중위는 두 눈을 끔뻑거리며 장교들을 내려다보았다.

"자네, 미쳤나?"

"아닙니다."

"아닙니다!"

정 중위는 장군의 물음에 연거푸 소리 질러 대답했다.

"미친놈보고 미쳤느냐고 물어보면 물어본 놈이 미친놈이란 말이 있지만, 이 친구는 절대 미치지 않았어. 그리고 나도 미치지 않았고⋯⋯."

장교들 사이에 참다못해 낄낄거리는 웃음소리가 흘러나오기 시작하더니, 급기야는 와 하고 웃음보가 터졌다. 리빠땅 장군도 멋쩍은 듯이 흐물거리며 웃었다. 그러나 정 중위만은 결코 웃지 않았다.

"이것은 돈키호테 연극 구경하는 것 같은데, 꼭 돈키호테와 산초야."

웃음소리 사이로 누군가 말했다. 별로 큰 소리가 아니었으므로 장군과 정 중위는 듣지 못했으나 그 주위에 있던 장교들은 또 한 번 웃음을 터뜨렸다. 그러나 그때의 정경은 전혀 달리 표현할 수 있었다. 곡마단의 곡예사가 고릴라를 놓고 회초리를 후려치며 곡예를 하도록 강요했으나 고릴라가 제대로 연기를 못해 곡예사는 관중에게 비굴한 웃음을 띠고 고릴라는 미안해서 침울해 있는 것과 같았다. 리빠똥 장군은 장내를 다시 엄숙한 분위기로 전환시키려고 지휘봉으로 교탁을 탁탁 두르렸다. 장교 식당 안에 웃음소리가 사라지자, 그는 매달리듯 정 중위의 어깨를 한 손으로 움켜쥐고는 마구 흔들었다. 그러나 정 중위는 꿈쩍도 않았다.

"이봐, 말 좀 해 봐라."

"잘못했습니다."

정 중위는 얼굴을 들고 좌중을 천천히 둘러보더니 무뚝뚝하고 침울하게, 그러나 뒷자리까지 들릴 만한 큰 소리로 말했다.

"누가 잘못한 걸 말하라고 했나? 이런 얼간이 같은 놈."

"그럼 뭘 말해야 되겠십니꺼?"

"왜 준장 계급장을 달았느냐 그 말이닷!"

"그저 달고 싶었을 뿐입니더."

"이유가 있을 게 아닌가!"

"저만 알고 있으려고 했으나 여러 장교님들도 그걸 알기를 원하는 것이 사실이라면 말하겠심더. 월남서 동기생 하나가 적탄에 맞아 죽었심더. 항상 전투에 나갈 때는 소위 계급장 대신에 별 하나를 달았심더. 2개 분대 병력을 끌고 가다 다리에서 기습을 받아 완전 포위당한 상태였심더. 연락을 받고 제가 지원 나갔을 때는 그는 죽어 가고 있었심더. 그가 피 묻은 손을 들어 군복 깃의 별을 만집디더. 그러고는 씩 웃고 그만 갔십니더. 그놈을 부둥켜안고 하늘을 보았지예. 별들이 총총했심더. 별들이…… 그가 말한 적이 있십니더. 나는 왜 전쟁터에서 별을 달고 다니는지 모른다고예. 저는 그놈의 별을 뜯어 포켓에 넣어 가지고 왔심더. 저는 그놈을 이해하려고 했십니더. 그러나 이해가 가지 않았십니더. 그런데 어제 갑자기 그 별을 달아 보고 싶어졌던 겁니더. 그러나 제가 여기서 말할 수 있는 것은 그놈의 말처럼 왜 별을 달았는지는 모르겠심더."

언제까지라도 이어 나갈 것 같았으나 정 중위의 말은 거기서 끊겼다. 짙은 눈썹 아래 두 눈이 번쩍했다. 명확한 것은 없으면서도 그의 말에 무언가 뼈대가 있는 듯이 느껴져 장교들은 조용히 듣고 있었다.

"나를 만나려고 한 목적은?"

장군에게는 아직 정 중위를 공격할 여지가 남아 있었다.

정 중위는 한동안 머뭇거리더니 이윽고 장군을 마주 향해 소리쳤다.

"미치려고 그랬는지 모르겠십니더."

그러자 장교들 간에 웅성웅성하는 소리가 났다. 다시금 장군은 교탁을 탁탁 치고 조용해지기를 기다렸다. 드디어 그의 입에서 욕이 튀어나왔다.

"군의관, 이 새끼 끌고 가서 진단 좀 해봐. 뭣하면 정신 병동에 처넣어 버려."

그는 교단을 발로 꽝 구르고는 지휘봉을 옆으로 흔들면서 경례도 받지 않은 채 식당을 나갔다.

3

정 중위는 리빠똥 장군의 지시로 의무실 지프차에 실려 군단 병원으로 갔다. 정신 상태에 대한 감정을 받느라고 이틀을 보냈다. 그러나 외부로부터의 압박감으로 인한 저항 노이로제 증세만 조금 보였을 뿐, 현대 인간들에게서는 누구에게서나 나타날 수 있는 현상이라면서 입원할 요건이 안 된다는 진단이 내려졌다.

그래서 그는 다시 연대로 돌아오고 말았다. 돌아오던 날 군의관과 함께 정 중위는 장군에게 돌아왔다고 보고했다.

"음, 알고 있어. 전화가 걸려 왔더군. 별일 아니라구 말야. 군의관, 자넨 나가도 좋아" 하고 군의관에게 눈짓으로 문을 가리켰다.

군의관이 나가자 정 중위는 우뚝 서서 장군을 내려다보았다.

"그래도 한번 시험해 볼 필요가 있어. 지금부터 제식 교련을 하는 거다."

"여기서 말입니꺼?"

"그렇다. 우향우."

소리가 크지는 않았지만 구령대로 움직여 줄 것을 강요하고 있었다. 그는 잠시 동안 멀거니 지휘관을 내려다보았다.

"우향우."

좀 전과 같은 억양으로 구령이 떨어졌다. 거역할 수는 없었다. 그는 오른쪽으로 오른발을 90도 각도로 발뒤꿈치를 떼지 않은 채 돌렸다가 왼발을 가져다 붙였다.

"좌향좌."

"우향우."

"뒤로 돌아."

"좌향좌."

"좌향좌."

"우향우."

정 중위는 정신을 똑바로 차리고 구령대로 스무 번 가량 이리 돌고 저리 돌았다. 얼마 뒤, 그가 붉은색의 에나멜 빛깔에 머리가 띵해 옴을 느꼈을 때, 갑자기 연대장실이 조용해졌고, 자신이 리빠똥 장군에게 등을 보이며 벽을 향해 서 있다는 것을 알았다.

"음, 틀림없군. 됐어. 나를 향해 돌아서."

장군의 눈이 이글이글 타오르는가 싶자 큰 입이 헤벌쭉 벌려졌다.

"자, 이제부터 자네는 마음을 가라앉히고 조국에 대한 충성심으로 나에게 충성을 하는 게야. 내가 자네에게 시키는 일에 대해선 절대 비밀을 지켜야 해. 참모들은 자네가 위험인물이라고 평가하지만, 나는 그렇게 생각하고 싶지 않다는 거야. 자넨 말일세, 순진한 친구거든. 나는 자네를 믿네."

"도대체 무슨 말씀을 할라캅니꺼?"

"좋아, 좋아. 거기 앉게."

장군은 주머니에서 열쇠를 꺼내 서랍을 열더니 세 통의 편지를 꺼냈다.

"자네, 휴가를 갔다 오게. 오늘은 밖에 나가 놀고 내일 아침 열차로 서울에 올라갔다가 이 편지를 부치고 그 다음 날 귀대하란 말일세."

"그럴 필요가 있겠십니꺼? 우표값도 안 들고 여기서 군우편으로 부치지요."

"이 얼간이, 그럴 만한 이유가 있으니까 그러는 거 아닌가?"

"뭡니꺼? 이유라는 게?"

"정말 꺼, 꺼 소리 좀 뺄 수 없어? 나도 운동 좀 하고 싶어 그런다."

"아하, 때가 됐지예."

정 중위는 그제야 알았다는 듯이 장군을 바라보았다. 장군의 눈이 다시금 이글이글 타오르고 있었다.

"운동할 철이 되었십니더. 날씨도 추워지고, 말하자면 워밍업이라는 거라예."

"그렇다, 그래. 20년 군대 생활에 별을 달지 못한다면 어디 군인이랄 수 있는가?"

"옳십니더."

정 중위는 장군으로부터 편지를 받았다. 하나는 모 삼성(三星) 장군에게 보내는 것이고, 하나는 모 국회의원에게, 또 나머지는 모 재벌에게 보내는 것이었다.

"만나 보지 않아도 되는 겁니꺼?"

"부치기만 해. 모두들 의리가 있는 대학 동창들이니까."

"그럼 지금 출발할랍니더."

정 중위는 자리에서 일어나 부동자세로 섰다.

"이거 급하긴. 잠깐 기다리게. 서울 한강변 충강 아파트에 가면 마누라가 살고 있는데, 만나 보고 이걸 전해 줘."

장군은 가슴 주머니에서 또 하나의 봉투를 꺼냈다. 두툼한 부피로 보아 돈인 듯싶었다.

"충강 아파트 315호다. 적어 둬."

정 중위는 수첩을 꺼내 315호라고 볼펜으로 끄적거렸다.

"그리고 영수증을 받아 와. 서비스가 좋을 테니, 그것만은 기대해도 좋다."

장군과 정 중위는 의기가 투합한 동지처럼 마주 보고 씩 웃었다. 제기랄. 정 중위는 부대를 빠져나오자 침을 한번 퉤 뱉고 푸르디푸른 하늘을 올려다보았다. 왠지 슬픈 감정이 왈칵 치밀어 올라왔지만, 이용당하고 있다는 생각보다 이쪽에서 이용하고 있다는 생각으로 그 슬픈 감정을 얼버무렸다.

어쨌든 답답하고 규칙적인 일과에서 해방된 느낌인 듯하면서도 또 아닌 듯했다. 똥파리 때문에 시달림을 받다가 똥파리의 아량으로 열차를 타게 되었지만, 똥파리의 더러운 모습과 냄새는 좀처럼 떨어지지 않았다. 그래서 약간 비열한 장난일지도 모르지만 장군의 부인을 골려 주고 싶었다. 그가 다음 날 오후 서울역에 내려 일부러 중앙 우체국까지 가서 세 통의 편지를 부치고 충강 아파트를 찾았을 때는, 늦가을의 해는 이미 떨어지고 주위에 어둠이 내리고 있었다. 충강 아파트는 한강을 바라보며 우뚝한 언덕 위에서 있었기 때문에 일시에 깜박거리기 시작한 서울의 휘황찬란한 밤의 풍경이 한눈에 들어왔다.

315호렷다. 정 중위는 그 숫자가 선명하게 보이는 문 앞에서 문을 두드렸다. 오랜 시간이 흘렀다. 스물예닐곱가량 나 보이는 여인이 빠끔히 문을 열고 얼굴을 밖으로 내밀었다.

"누구십니까?"

정확한 발음이었지만 목소리는 탁했다.

"저 정호영 중위라캅니다."

"정호영 중위라니요?"

남편이 군대에 있는 여인으로서는, 한 중위가 계급장을 단 군복을 입고 찾아왔다면 심부름 온 장교쯤이란 것은 짐작하고 있을 것이 아닌가.

"장군님의 심부름으로……."

"장군이라니요?"

"리빠똥 장군 말입니다."

"네?"

"아 참, 말이 헛나왔습니다. 김수진 대령으로부터 심부름 온 장교입니다."

"아, 그러세요? 전 장군이라는 바람에……."

정 중위는 여인이 예쁘다고 생각했다. 아니, 예쁜 것을 지나쳐 약간의 요염기마저 감돈다고 생각했다.

"어서 들어오세요."

정 중위는 성큼 문 안으로 들어가 마루에 걸터앉아 군화끈을 풀었다. 아파트의 내부는 깨끗이 정돈되었고, 텔레비전이며 레코드며 값싼 책들로 채워진 서가가 불그스레한 불빛을 받고 있었다. 혹시 그 전설의 『세계 인명 대사전』이 꽂혀 있지나 않나 훑어보았지만 유감스럽게도 찾을 수가 없었다.

"무슨 일이신지?"

"이것을 전해 드리라고 해서 말입니다."

소파에 앉자 정 중위는 될 수 있는 한 이 여인 앞에서는 발음을 정확히 하려고 애쓰면서 품에서 돈이 든 봉투를 꺼냈다. 그것을 본 여인의 눈이 약간 반짝거리는 것 같았다. 여인은 보통내기가 아닌 것처럼 느껴졌다. 그래서 그는 다시 한 번 여인의 차림새를 보았다. 여인은 엷은 분홍 빛깔의 실내복을 입고 있었는데, 그것은 천장에 달린 전등불로 인해서 더욱 붉게 보였다. 리빠똥 장군에게는 좀처럼 어울릴 것 같지 않은 그녀를 보고 그는 무엇인가가 퍼뜩 짚이는 것이 있었다. 그것은 붉은색이라는 것이었다. 핏빛으로 느껴졌던 연대장실의 바닥처럼 이 여인이 살고 있는 아파트의 내부는 붉은빛 일색이었다.

여인은 탁자 위에 올려진 봉투를 집어 그것을 뜯었다. 5백 원짜리 지폐가 나왔다. 그녀는 약간의 염치도 들지 않는지 그의 앞에서 돈을 세기 시작했다. 정 중위는 멍하니 천장을 바라보고 있었으나 세는 소리는 들려왔다. 10만 원이었다.

"그 양반은 이걸 가지고 얼마나 살라고 하던가요?"

"그런 말은 없었습니다."

그 죄가 정 중위에게 있다는 듯이 그녀는 사나운 눈초리로 그를 쏘아보았다.

"돌아가셔서 전해 주세요. 저는 이런 돈은 받기도 싫고 인연도

더 계속하고 싶지 않다구요."

"그게 무슨 말씀이십니까?"

"무슨 말이기는 무슨 말이에요? 말한 대로예요. 조금 후에 누가 온다고 했으니까, 중위님도 돌아가 주셨으며 좋겠어요."

그는 그 말을 듣자 여인의 얼굴을 냅다 후려치고 싶어졌다. 가슴이 분노로 부글부글 끓어오르고 손은 부들부들 떨렸다.

"참아야지."

자신도 모르게 그의 입에서는 짤막한 중얼거림이 흘러나왔다. 그 소리를 듣고 미안한 마음이 들었는지 그녀가 생긋 웃었다. 그리고 그뿐이었다. 정 중위는 묵묵히 그 집에서 나왔다. 서늘하게 식어 간 대기가 그의 몸을 감쌌다.

"이런 미칠 노릇이 있나? 영수증도 받지 않았군."

정 중위의 가슴속에는 여인보다는 자신에 대한 혐오감이 부글부글 끓고 있었다. 어쩐지 리빠똥 장군이 바보스럽고 불쌍하게 느껴졌다. 어떤 인연으로 저 젊은 여자를 얻었는지는 모르지만, 서비스가 최고일 것이라고 늘어놓던 장군의 장담이 아무래도 마음에 걸렸다. 더구나 그 여자를 만나기 전에 똥파리에게 시달리던 것에 대한 보복으로 그 여자에게 화풀이하겠다고 벼르던 자신이 또한 가소로워졌다.

4

　　"일본의 덴노 헤이카*는 부대 검열을 받을 때 지붕 위의 먼지까지 쓸어 버렸다. 연병장과 부대 주위의 사금파리*를 줍는 것은, 그에 비하면 수고하기가 새 발의 피다. 이번 검열의 우열에 따라 제군들이 좀 더 편하게 지낼 수 있는가 없는가가 결정될 것이다."

　　리빠똥 장군은 11월 초순께의 어느 날 저녁 연대 회의실에 장교들을 집합시켜 놓고 연말 검열에 대해 일장 훈시를 하면서 사금파리까지 주워야 함을 누누이 강조했다. 이 절차를 거치고 나면 병사들은 검열 준비를 서두르게 되는 것이었다. 소대장부터 시작하여 중대장·대대장·연대장 그리고 사단장까지의 검열을 거쳐 가자면 검열 때마다 부대 이발소를 뻔질나게 드나들어야 하고 단 한 벌밖에 없는 작업복을 분주히 빨고 다려야 했다. 온종일 총기름을 만져 손이 트는 것은 물론, 얼뜨기 신병들은 저녁에 선임병들에게 불려 나가 기관총 총열*로 두들겨 맞아 볼기짝이 찢어지기 일쑤였다.

　　장군은 대대장과 연대 참모들에게 맡은바 소임을 일일이 지시하고 나서, 마지막 연대 수송관을 불렀다.

　　"김 대위, 자네는 특히 명심해 둬. 지난번에 정 중위가 지프차를 빌려 타고 뚱딴지같은 짓을 하는 것을 보고도 내버려 둔 것을

---

*덴노 헤이카 : '천황 폐하'라는 뜻의 일본어.
*사금파리 : 사기그릇의 깨어진 작은 조각.
*총열 : 총알이 나가는 방향을 정하여 주는 총의 한 부분.

내가 알고 있는데, 이번에 그런 사고가 나지 않도록 주의하게. 알 겠나?"

"넷" 했지만 김 대위는 피식 웃으며 창밖을 바라보았다. 장군의 말에 장교들은 일제히 정 중위에게 시선을 집중하며 끼득끼득 웃었다. 정 중위는 장교들의 제일 끝줄에 앉아서, 장군이 왜 이런 말을 새삼스럽게 꺼내는 것일까 얼굴을 붉히며 생각했다. 지난번에 시킨 일은 어김없이 실천하고 돌아왔다. 그래서 자신의 어깨를 두드리며 수고했다고 치하의 말씀까지 하지 않았던가. 그러나 정 중위는 곧 그 뜻을 헤아릴 수 있었다. 회의가 시작되기 전에 연대 선임 하사관이, 오늘이 진짜 장군이 될 수 있느냐 없느냐가 판가름나는 날이라고 귀띔해 준 것을 상기했던 것이다.

"그럼 내 의도를 알아들었으면 오늘 회의는 이것으로 끝을 맺겠소."

그러자 인사 참모가 차렷 구령을 소리쳐 불렀다.

"이런 제에길, 성급하긴…… 내가 여러 장교들에게 양식 먹는 강의를 이제부터 할까 하는 참이야."

리빠똥 장군의 희한한 발언에 장교들은 어안이 벙벙했다.

"장군, 아니 연대장님!"

수송관 김 대위가 소리쳤다.

"왜 그래?"

"양식이라니 그 양 자가 식량 양 자를 말합니까? 아니라면 서양이라고 할 때 쓰는 넓은 양 자를 말하시는 겁니까?"

"양? 멍텅구리는 가만히 있어" 하더니 문 앞에 서 있던 선임 하사관을 불렀다.

"선임 하사관! 전화 아직 없나?"

"네, 없습니다."

"알았어. 그러면 전령을 시켜 매점에 가서 빵 한 쪼가리와 포크, 그리고 나이프를 가져오라고 말해 주게."

전화와 포크는 전혀 이질적인 물건이면서도 오늘의 장군에게는 그의 초조한 심경을 표시하는 데 있어 하나로 연관 지어지는 관계망이기도 했던 것이다. 회의를 끝내고 서울로부터 올 중요한 전화를 기다리기에는 불안하고 초조했던지라, 그것을 조금이나마 누그러뜨리기 위해서 양식(洋食) 먹는 강의를 시작하려고 한 것이다. 알 만한 장교들은 이러한 장군의 심경을 헤아리고 있었다.

그러나 하필이면 양식 먹기 강의라니 알다가도 모를 일이었다.

"무릇 장교란 국제 신사이기 때문에, 적어도 이 정도의 에티켓은 알고 있어야 하는 겁니다."

리빠똥 장군이 말했다.

"좋아하네. 여기 앉은 장교들이 그 정도도 모르는 줄 알고 있다면 웃기는 이야기지."

모두들 속으로는 코웃음을 쳤지만 겉으로 나타내지는 않았다. 그러나 장군으로부터 어떤 강의가 튀어나올까를 생각하면 전혀 흥미가 없는 것도 아니었다.

전령이 그가 앉은 앞에다 탁자를 하나 옮겨 놓은 뒤 크림빵 한 개와 포크와 칼을 접시에 받쳐 들고 들어와 탁자 위에 올려놓았다.

"여러분들."

장군은 약간 멋쩍은 듯 크고 삐죽 내민 입으로 헤벌쭉 웃었다.

"내가 군 교육으로 미국에 갔었을 때 이야깁니다. 어느 서민 가정에 초대를 받아 갔었습니다. 그 집안은 독실한 기독교 가정이었기 때문에 식사 전에는 꼭 주기도문을 외웠던 것입니다. 그날도 예외 없이 주기도문을 외고 났는데, 그 집주인 아주머니가 나더러 한국말로 주기도문을 외우라고 하더군요. 체면상 모른다고는 할 수 없고 이거 큰일 났다 싶었는데, 하늘이 무너져도 솟아날 구멍은 있는 겁니다. 해서……."

장군은 여기까지 말하더니 좌중이 어느 정도의 흥미를 갖고 있는지 한번 훑어보았다. 그리고 만족한 듯이 계속했다.

"나 보기가 역겨워 가실 때에는 말없이 고이 보내 드리오리다. 영변에 약산 진달래꽃 아름 따서 가실 길에 뿌리오리다. 가시는 걸음걸음 놓인 그 꽃을 사뿐히 즈려밟고 가시옵소서. 나 보기가 역겨워 가실 때에는 죽어도 아니 눈물 흘리오리다."

장군은 다시 엄숙하게 얼굴을 들고 정면 벽을 바라보았다.

"소월의 「진달래꽃」을 외웠어요. 그랬더니 주인 아주머니 하는 말씀이, 참 멋지군요, 한국말이 그렇게 율동적이고 음악적인 줄은 미처 몰랐어요, 하면서 원더풀을 연발하지 않갔시요."

그는 자신의 말에 감동되어 사투리를 섞어 가며 떠들어 댔다.

"이런 애국자는 되지 못할망정 남들 앞에서 창피를 당하면 안 되겠기에 오늘의 강의를 하게 된 것입니다. 자, 시작합니다. 자기 앞에 썰지 않은 빵이 놓여졌을 때는 자세를 바로잡고 포크를 오른손에, 나이프를 왼손에 잡은 다음 이렇게 한가운데를 자르고 다시 먹기 좋을 만하게 잘라서 포크로 이렇게……."

그는 칼이 잘 들지 않아 허물어진 빵 쪼가리를 입에 갖다 대었는데, 크림이 그의 턱밑을 타고 흘러내렸다. 그러자 좌중에서 킥 킥거리며 웃음을 참는 듯한 소리가 새어 나오더니 드디어 와 웃음보가 터졌다. 그러나 장군은 일단 입에 들어간 빵을 뱉을 수도 없고 그 웃음 속에서 우물우물 입을 놀리고 있었다.

이때였다. 바로 옆방에 붙은 연대장실에서 전화벨이 울렸던 것이다. 그러나 모두들 소리 내어 웃고 있었기 때문에 아무도 벨소리를 듣지 못했다.

"선임 하사관!"

갑자기 리빠똥 장군이 자리를 박차면서 외쳤다. 거의 발작과 같은 행동에 장교들은 웃음을 딱 그쳤다. 전화벨이 너무나도 명료한 소리로 이쪽 방으로 전달되고 있었다. 웃음 속에서 그 소리를 들었던 것은 장군밖에 없었던 것이다. 장군이 벌겋게 충혈된 눈으로 쏘아보았으므로 선임 하사관은 허겁지겁 연대장실로 달려갔다.

잠시 후 그는 곧 되돌아와서 소리쳤다.

"전화입니다."

장군은 기다렸다는 듯이 뒤뚱거리며 장교들 사이를 지나 나갔다.

리빠똥 장군이 다시 회의실로 돌아온 것은 5분가량 지나서였다. 그는 이제 허둥대지도 우스꽝스러운 짓거리를 하지도 않았다. 그는 증오의 화신처럼 두 주먹을 불끈 쥐고 어떤 대상에 대하여 분노의 불길을 태웠다. 이윽고 그가 단 위에 올라서더니 침울한 음성으로 뇌까렸다.

"개새끼들!"

그러고는 정 중위를 불렀다.

"자넨 군대를 무엇이라고 생각하나? 정훈관으로서 대답해 봐."

"계급과 명령과 충성심으로 움직이는 대표적인 집단입니더."

"그런가? 그런데 이 중에는 상관인 나를 무시할 뿐만 아니라 내가 장군으로 진급되지 못하도록 음모를 꾸민 작자가 있단 말야."

"그렇지만 집단인 이상 하나의 축소된 사회라는 것을 명심해야할 겁니더. 거기에는 항상 충성과 모반이 함께 있을 수 있지 않겠십니꺼?"

"이 새끼, 너무 아는 척하지 마. 나는 20년 동안 오직 충성심 하나만으로 몸 바쳐 왔다. 개새끼들!"

그는 허탈한 듯 털썩 의자에 주저앉았다.

"여러분들, 나의 준장 진급은 실패로 돌아갔고, 여러 장교들은 검열 준비를 서두르지 않아도 좋게 되었어. 아직까지 이렇다 할 명령은 없었으나, 모 소식통에 의하면 우리 연대는 훈련을 위해 이틀 안으로 모 지역으로 이동해야 할 것 같아. 얼마나 오래 갈는지는 모르나, 나는 나를 험구했던 모든 개새끼들에게 나의 충성심이 어떠한가를 이 기간 동안에 보여 주겠다."

어느 쪽에 정당성을 부여해야 옳은지 지금은 아무도 판단할 수 없었다. 그러나 명확히 말할 수 있는 것은, 그가 리빠똥 장군 특유의 면모를 계속 발휘하리라는 것이었다.

5

리빠똥 장군이 그렇게도 염원하던 장군 진급 심사에서 진급자 명단에 들지 못했다는 사실에 대해 슬퍼할 겨를도 없이 대간첩 작전 훈련 명령을 받고 강원도 태백산맥 골짜기로 들어간 것은 이틀 후 밤이었다. 보병 1개 대대, 포병 소대, 전차 소대, 공병 소대와 함께 차량 40대를 이끌고 목적지인 삼척 육백산(六百山) 계곡에 도착했을 때 장군은 거의 제정신이 아니었다.

계곡의 밤바람이 코끝을 에어 낼 것처럼 휘몰아치고 있었다. 나뭇등걸을 주워 모아 지핀 화톳불이 여기저기서 타오르고 그 주위에서 병사들은 웅숭그리며 불을 쬐고 있었다. 어디선가 이따금 들려오는 고함 소리가 차량을 정리하는 수송반의 엔진 소리와 함께 산간의 적막을 흔들어 놓고는 했다. 때때로 화톳불 사이로 배낭과 총을 멘 일단의 장병이 개울가 자갈을 밟으며 계곡 쪽으로 올라가는 것이 보였다. 밤중이라 장군이 어디에 위치하고 있는지 알지도 못하면서 병사들은 화톳불 주변에 모여서 그에 대한 불평을 늘어놓았다.

"똥파리는 왜 묻어 왔지? 시팔, 이게 대대급 훈련이지 연대급 훈련인가. 낮에 난, 재수 없게도 똥파리한테 쪼인트를 까였어. 트럭이 정지했길래 차에서 뛰어내려 신 나게 오줌을 갈기고 있는데, 더럽게도 똥파리 차가 뒤에서 달려오고 있더란 말야. 불알 붙들고 경례 붙일 수 있나? 지프차가 삑 서고 똥파리가 내리더니만 왜 경례를 안 붙이냐면서 느닷없이 쪼인트가 들어오더란 말이야."

"군의관에게 가서 정강이 아파서 훈련 못하겠다고 항의해 보지 그래."

병사들뿐만 아니라 장교들까지도 그의 훈련 참가를 달갑지 않게 여겼다. 그는 어디까지나 연대장이었지 대대 지휘관이 아니라는 원칙적인 반감이 있었던 것이다. 그는 원주둔지에 있는 2개 대대를 부연대장에게 맡기고, 1개 대대를 따라왔다는 것에 대해 훈련에 대한 고문 자격이라는 이유를 달 수도 있었지만, 그는 출발부터 지휘관 노릇을 했으므로 이미 고문은 아니었다. 그렇다면 대대장 송달명(宋達明) 중령은 이 훈련 기간 동안 무엇을 해야만 하는가. 그것은 아무도 알지 못했다.

더욱이 이번 훈련은 단독 훈련이 아니라 다른 사단에 배속되는 관계로 자칫 실수해서 망신을 당하지 않아야 한다는 조건이 곁들여 있었는데, 대령이 대대를 지휘하다니 그것부터 망신살이 뻗칠 징조였다. 리빠똥 장군이 갑자기 1개 대대 훈련 명령을 받고 어리둥절하다가, 그 나름의 결심을 굳히고 지프차를 몰아 사단장에게 달려가서 의견을 천명하면서 그가 간곡하게 말한 것은 바로 타 부대에서 망신을 당하지 않아야 한다는 것이었다.

"이번 훈련에는 제가 나가 보는 것이 좋을 것 같습니다. 왜냐하면, 지역이 전혀 생소한 산악 지형인 데다가, 전투 경험이 없는 신임 대대장이 지휘를 하다가는 사고가 발생할 우려가 있으며, 그리고…… 다음 1년을 바라보기 위해서라도 저에게는 더없이 좋은 기회인 것 같습니다. 제가 나간다면 훈련이 끝날 때까지 부대를 무사히 효과적으로 유지함은 물론, 타 부대에서 우리 사단이 망신당하는 실수를 범하지 않을 자신이 있습니다."

"훈련이란 실수도 있는 법이지…… 그렇지만 소원이라면 나가보게. 망신당하지 않는다는 것이 나로서도 좋은 일이고 뭣보다도 요즘 나는 자네의 그 두꺼비처럼 부어 있는 쌍통이 보기 싫단 말이야. 그러나 지휘는 대대장에게 맡기는 것이 현명할 게야."

어디서 새어 나왔는지 사단장과 리빠똥 장군 사이에 이 같은 대화가 오고 갔다고 대대 장교들에게는 알려져 있었다. 리빠똥 장군이 망신을 당하지 않아야 한다는 지론을 표면에 내세운 것은,

그러한 명분 속에 그의 야심을 은폐하고 부하들의 반발을 최소한으로 줄여 보자는 속셈에서 비롯된 것이라는 것을, 조금만 눈치가 빠르다면 모를 사람이 없을 것이었다. 이와 같은 리빠똥 장군의 거취에 따라서 수시로 장군으로부터 시달림을 받던 고릴라 정 중위를 비롯하여 연대 참모진들과 본부 행정병들은 한시름 놓았지만, 훈련에 참가한 대대 장병들은 장군과의 팽팽한 긴장감을 맛보아야만 했다.

언 땅 위에 개인 천막을 치고 몇 시간의 새우잠으로 밤을 넘긴 병사들은, 다음 날에도 여전히 나뭇가지들을 윙윙 휘몰아쳐 대는 세찬 산바람에 기를 펴지 못했다. 서서히 어둠이 걷혀 가자 병사들은 개울을 건너 좁은 보리밭 위에 연대기가 펄럭거리는 것을 보았고, 거기에 시피*가 위치하고 있음을 알았다. 뿐만 아니라 모자도 쓰지 않은 채 지휘봉을 들고 똥배를 내밀며 설치는 장군의 모습도 볼 수 있었다. 그러나 좀 더 가까이 위치하고 있는 병사들은 그가 지금 병사들에게 무엇인가 호통을 치고 있다는 것까지 알 수 있었다. 그리고 시피에서 전문을 받고 전하느라고 통신기 앞에서 뜬눈으로 밤을 새우고 목을 빼고 교대원을 기다리고 있는 통신병은 장군이 소리 지르는 고함의 내용을 낱낱이 들을 수 있었다.

"대대장이 기합이 빠져 있으니 그 전령놈들도 군기가 엉망이지. 야 새끼야, 네 대대장 빨리 깨워라. 내가 지시한 지 30분은 넘

* 시피: CP(Command Post), 지휘소.

142

었을 거야. 완전 무장을 하고 내 천막으로 빨리 오라고 해."

장군의 천막에서 10여 미터도 되지 않는 거리를 두고 쳐진 대대장 천막 안에서 대대장은 분명히 장군의 고함 소리를 들었을 것이었지만 그는 꼼짝도 하지 않았다. 장군은 울화가 치밀었지만 차마 대대장 천막 쪽으로 가지는 못하고, 통신병이 이 소란을 듣고 있는 시피 천막 쪽으로 허둥지둥 걸어가서 상황판을 들여다보았다.

"야, 작전 장교! 이걸 작전 지도라고 그린 거야? 도대체 이렇게 평탄한 길만 이용해서야 어디 간첩 한 마리라도 잡겠나. 간첩은 험한 곳을 이용한단 것도 몰라? 다시 그려!"

그는 솟을대문만 한 거대한 상황판을 쓰러뜨리고 전화기를 땅바닥에 내동댕이치며 발광하듯 화풀이를 했다. 순식간에 시피는 난장판이 되었다. 충청도 출신인 대대 작전 장교 김국진(金國鎭) 소령은 원망에 찬 눈초리로 한 번 장군을 바라보더니 작전병들의 도움을 받아서 상황판을 일으켜 세웠다. 그는 작전 보좌관과 함께 밤을 새워 그려 넣은 작전 상황도를 헝겊에 휘발유 칠을 하여 싹싹 지워 내렸다.

"원, 더러워서. 새벽부터 똥파리가 설쳐 대니 사람이 배겨 낼 재간이 있나."

그는 뭐가 또 그렇게 급한지 천막 밖으로 허둥대며 나가는 장군의 등에 대고 중얼거렸다. 장군이 수송반에 내려가 기름 묻은 작업복을 입고서 경유를 뿌려 가며 아직도 화톳불을 놓고 있는 병사들 앞에 나타나서 다시 한 번 볶아 댄 후 자기의 천막으로 돌아왔을 때, 대대장 송 중령이 천막 안에서 기다리고 있었다.

"이것 봐, 자네는 뭘 하고 있는 거야. 잠만 자면 다야? 내가 나온 것이 불만이겠지만, 나는 이미 자네가 이 꼴로 부대를 운영하리라는 것을 알고 왔다는 것을 명심해 둬. 병사들은 모두 소풍 나온 것처럼 정신이 해이해 있고, 작전 장교란 놈은 상황판 하나 똑똑히 그릴 줄 모르는데 무슨 놈의 훈련을 하겠어? 게다가 대대장이란 작자는 천막 속에서 꿈쩍도 않고 드러누워 있으니, 이게 도떼기시장이지 군댄가?"

장군보다 목 하나가 더 큰 대대장은 눈을 한 번 끔뻑거리고 목청을 가다듬어 말했다.

"이미 이곳에 도착하기 전에 부대 지휘는 연대장님이 한다고 하시지 않았습니까. 저야 그때부터 보직이 없는 거와 같으니 천막 속에서 잠이나 자고 심심하면 훈련 관전이나 하는 거죠."

장군은 씨근덕거리기 시작했다. 더구나 천막 안에 난롯불이 활활 타오르고 있었기 때문에 밖에서 금방 들어온 장군은 숨이 턱턱 막히는지 주먹으로 가슴을 두어 번 때리고 나서 시뻘개진 얼굴을 쳐들면서 대대장을 노려보았다.

"야 이것 봐라, 부대 안에서는 고릴란가 하는 정 중위란 놈이 나를 우롱하더니만, 여기 나와서는 송 중령이란 사나이가 대신하기로 했나 보지? 뭐 보직이 없는 것과 같다구? 자네 말 잘했어.

144

완전 무장은 하고 왔나? 아냐, 아냐 하고 오지 않았어도 괜찮아. 준비는 해 놓았겠지? 지금 이 시각부터 임무를 부여하겠어. 이리 와, 이리 와."

장군은 대대장의 군복 소매를 잡고 밖으로 끌고 나와 시피 천막 쪽으로 데리고 가서 그 안에다 밀어 넣었다.

"자, 잘 봐. 이 지역 안에서 가장 높은 고지가 어떤 것인가?"

장군은 방금 전에 말끔히 지워진 깨끗한 상황판 앞에서 지휘봉으로 시피 지점을 가리키고 적어도 실제 거리 14킬로미터를 반지름으로 하는 원을 그렸다.

"1,267고지 마봉산으로 압니다."

"야, 이거 왜 이래? 압니다는 뭐야. 마봉산이면 마봉산이지. 이 시각부터 자네는 이 고지 이쪽에 연해 있는 육백산 정상에 오피*를 설치하고, 훈련이 끝날 때까지 자네 말마따나 관전이나 즐기도록 해. 이것은 전혀 농담이 아니고 자네에게 임무를 부여하는 명령이야. 아무리 생각해도 오늘부터 광범위한 지역에 흩어지는 병력을 통제하는 임무를 완수할 만한 사람은 자네 외에 없다는 판단을 내렸으니까."

"오피라니 포병 오피입니까?"

대대장도 조금은 흥분했다. 대대 지휘권을 본의 아니게 박탈당한 것도 분한데, 중령 계급장을 달고 관측 장교라니 어처구니없어

* 오피 : OP(Observation Post), 관측소.

하는 것도 당연했다.

"멍텅구리야, 산간 지대에서는 사단과 대대, 대대와 중대 사이의 교신이 잘 안 되니까 중계 역할을 하란 말이다. 말하자면 일종의 통신 중계소를 설치하라는 거야."

대대장은 입술을 깨물었다. 그의 얼굴은 납빛처럼 창백하게 굳어 갔다. 사실 이와 같은 역할이란 통신 선임 하사관의 직책이면 능히 해낼 수 있는 것이었고, 기술적인 분야보다도 지휘 능력을 길러 온 대대장에게는 당치가 않은 처사라는 것을 모두 알고 있었다.

"병력은 장교로는 작전 보좌관을 대동하고 그 외에 통신 하사 1명, 통신병 1명, 보초병으로 보병 3명만 데리고 가도록 해. 나는 그 이상은 생각할 수 없으니까."

이렇게 해서 유례없이 지휘권을 연대장 리빠똥 장군에게 송두리째 바친 대대장 송 중령은 험준한 육백산으로 올라갔다.

6

훈련 지역에서 150여 킬로미터나 떨어져 있는 연대 본부에 이 아름답지 않은 소문이 전해짐과 동시에, 장군이 고릴라 정 중위를 호출한 것은 대대장이 육백산으로 올라가고 난 사흘 뒤의 일이었다. 그동안 훈련병들은 소대 단위로 산간 요소요소에 투입되었지만 간첩 부대로 둔갑한 가적*을 한 명도 가사살하거나 체포

*가적 : 전투나 경기 따위의 연습에서 적으로 간주한 모형이나 사람.

146

하지 못했으므로, 리빠똥 장군의 부대를 배속받은 사단장은 리빠똥 장군에게 은근한 불만과 함께 경멸의 언사를 표시해 왔던 것이다.

그럴 때마다 장군은 울화가 치밀어 "아새끼가! 끄나풀이 있어서 별을 주워 단 주제에 선배를 몰라보고, 이 역전의 용사를 몰라보고 주둥아리를 놀린단 말야" 하고 뇌까렸으나, 군대 조직의 현실을 거역할 수는 없었다. 그렇다고 그는 어떤 개선책을 강구하려고 애를 쓰지는 않았다.

왜 또 나를 볶아 먹으려는 것일까, 장군의 속셈을 모르는 정 중위는 지레 겁을 먹고 훈련장에 도착하자마자 대대 본부 진지의 맨 아래 위치한 수송반부터 들러 역시 연대에서 지원 나와 있는 김 대위에게서 대강의 분위기를 익혔다.

"하여간 정 중위도 죽었다고 복창해야겠구먼. 또 미친 척이나 해서 병원으로 후송당하는 것이 상책일 게요."

김 대위는 기름 묻은 시꺼먼 장갑을 낀 손으로 코를 풀고 씩 웃었다. 정 중위는 김 대위와 헤어져 무거운 걸음걸이를 떼어 놓으며 대대 시피에 이르렀다. 그때였다. 난데없이 시피 천막 안에서 고함 소리가 터져 나왔다.

"야 새끼야. 네가 작전 장교란 말이가? 이 똥대가리 같은 놈아! 대대장더러 빨리 예하* 부대와 교신하라고 독촉해. 중대가 어디

*예하: 지휘관이나 우두머리의 지휘 아래.

틀어박혀 있는지도 모르고 무슨 작전을 수행할 수 있어?"

장군의 목소리를 받아 기가 죽은 작전 장교의 목소리가 이어졌다.

"열심히 체크를 하고 있기는 합니다만 오늘 아침부터 두절입니다. 원래 산간벽지라서 이런 낡고 성능이 나쁜 통신기로는 작전 수행이 불가능합니다."

정 중위는 배낭을 등에 짊어진 채 천막 안을 살펴보았다. 장군은 등을 보이며 지휘봉을 공중에 휘두르고 있었고, 작전 장교는 이쪽을 바라보고 있었으나 지휘봉에 얻어맞지 않으려고 자꾸 안으로 밀려가고 있는 참이었다.

"어, 이 새끼가 도망을 가? 도망가면 어쩔 테야? 차렷, 차렷, 차렷하지 못하겠나? 이 종간나 새끼야. 차렷하면 치지 않겠다."

마침내 순진한 작전 장교는 그 자리에 멈춰 섰다. 그러나 철모를 쓰고 방한복을 입고, 그 위에 권총을 차고 있는 그로서는 완전히 두 손이 허리 밑에 붙지 않아 어정쩡하게 두 팔이 몸에서 떨어져 주먹을 쥔 꼴이 되었다. 어떻게 보면 그것은 장군에게 도전하는 자세로도 보였다.

"어, 이 새끼가 폼을 잡아?"

"무슨 폼을 잡습니까? 보시다시피."

"이 새끼가 권총을 뽑으려고 하지 않아?"

그는 자신의 말에 동의를 구하려고 주위에 움츠리고 서 있는 장교들을 둘러보았다. 사실 작전 장교의 주먹을 쥔 오른손은 권총 가까이에 다가가 있었던 것이다.

"네? 권총요?"

작전 장교는 무의식중에 권총을 잡아 보고 아니라는 듯이 얼른 손을 떼었다.

"아, 저 새끼가 나를 쏘려고 하는구나. 저 새끼를 붙들어! 붙들 란 말야. 이건 무시 못할 하극상이야."

그 우스꽝스런 작전 장교의 동작 때문에 공포감을 느낀 장군은 이렇게 외치고는, 후딱 몸을 돌려 허둥지둥 천막 밖으로 나가다가 안을 들여다보고 있던 정 중위와 딱 맞닥뜨렸다.

"으흐흐."

흠칫 놀랐던 장군은 그것이 정 중위인 것을 알자, 두려움을 사그라뜨리려는 것인지, 또는 안도의 한숨의 결과인지 울음소리와 같은 웃음을 흘렸다. 그에 못지않게 정 중위도 장군만큼이나 당황했다. 그래서 몸을 잔뜩 긴장하고서 부동자세로 경례를 붙였다.

"정호영 중위, 연대로부터 방금 도착했습니다."

얼이 빠진 듯 그를 올려다보고 있던 장군은 새삼 자신의 위치를 되찾았다.

"어, 잘 왔어. 내 천막으로 와."

천막 안에서 두 사람이 대면하자, 장군은 목소리를 낮추어 은근한 목소리로 말했다.

"지금 부대 형편이 엉망이라구. 자네를 부른 것은 나를 보좌하는데 측근이 되어 달라고 하기 위해서야. 육백산 고지에 위치한 대대장이 태만을 부리는지, 나에 대한 감정은 어떤지 따위를 잘 감시하고 내게 보고해 달라는 것이다. 정확한 위치를 작전 장교에게 물어서 내일 아침에 출발하도록 해. 알겠지? 지난번 진급을 하기 위한 운동은 실패로 돌아갔지만, 나는 이 운동을 중단한 것이 아니라 아직도 계속하고 있다는 것을 명심해 두게. 운동에는 자기 보존적인 체조가 있는가 하면 공격적인 축구도 있다는 것을 알아 둬."

장군은 회심의 미소를 띠고 정 중위의 어깨를 다독거렸다.

"자넨 명목상으로 거기에 가 있는 작전 보좌관 놈과 교대를 하면 되는 거야. 춥기야 하겠지. 그러나 나의 심복으로서의 임무를 다하기 위해서는 그까짓 추위쯤이야 별것 아니지 않은가."

그래서 그 시각부터 정 중위의 1,200고지의 등산 작전이 시작되었다. 그러나 장군의 의도와는 달리 고릴라 정 중위는 그의 심복으로서가 아니라 대대장을 측은히 여기는 한 장교로서 대대장을 만나야겠다고 다짐했다. 그날 오후의 하늘은 심상치 않게 구름이 끼더니 저녁부터 눈이 흩뿌리기 시작했다.

"수고하십시오."

지프차에서 내리자 운전병은 정 중위에게 경례를 붙였다. 그리고 차는 눈발을 헤치고 오던 길을 되돌아 사라졌다. 눈이 내리면

대기는 오히려 포근하련만 바람이 매섭게 휘몰아치고 있었으므로 얼굴을 들 수 없을 만큼 차가웠다. 덜커덩거리는 차 안에서 지도를 열심히 들여다보고 있었을 때만 해도 오피로 가는 지름길을 곧 알 수 있을 것 같았으나 막상 차에서 내리니까 갈피를 잡기가 어려웠다. 이미 시간은 정오가 훨씬 넘어 있었다.

지도는 오로지 능선을 따라가지 않으면 안 된다는 것을 일러 주고 있었다. 지도의 등고선은 고구마 형태로 길게 북쪽으로 뻗어 있고 서로 맞붙을 만큼 좁았다. 사이사이에 깊은 계곡이 있고, 가는 길의 양쪽은 절벽이어서 조금만 발을 헛디디면 절벽 밑으로 미끄러져 내려갈 것 같았다. 세 개의 계곡을 넘는 북쪽 끝도 역시 절벽이었고 오피가 있는 고지와의 직선 거리는 4킬로미터 정도밖에 되지 않았으나 실제 도달하자면 그 세 배의 거리를 걸어야 할 것 같았다. 그는 날이 어둡기 전에 도착하리라는 기대가 점점 무너지는 것을 느꼈다.

"똥파리, 개새끼!"

고지 정상에서 그는 욕지거리로 위로를 삼았으나, 날이 어두워져서도 자신이 어디까지 와 있는지조차 알 길이 없었다. 눈발에 가리워져 산의 형체는 전혀 보이지 않았고, 그의 길을 가로막는 절벽이 죽음의 감옥처럼 그를 가두었다.

마침내 그는 더 이상 전진할 수 없다고 생각하고 그날로 오피에 도착하겠다는 계획을 포기했다. 배낭에서 삽을 꺼내 땅을 파고 반쪽짜리 천막을 쳤다. 그러고는 모포로 몸을 감고, 구덩이 속에서 웅크리고 살갗 속으로 파고드는 매서운 추위를 의식하며 잠을 자는 둥 마는 둥 밤을 넘겼다.

새벽이 되었을 때 천막을 들쳐 보니 다행히 눈은 그쳐 있었다. 그러나 그대로 더 있다가는 얼어 죽을 것 같아 정 중위는 다시 배낭을 꾸려 짊어졌다. 산봉우리와 절벽은 하얀 눈으로 덮여 있었으나 고지로 가는 지형이 뚜렷하게 그의 뇌리에 들어와 박혔다. 그는 자신 있는 걸음걸이로 길을 재촉했다. 그가 맑은 햇볕을 받으며 추위를 떨쳐 버리려고 총을 어깨 위로 올리면서 집총* 체조를 하고 있는 보초병을 발견한 것은 그의 손목시계가 8시 30분을 가리키고 있을 때였다. 이어 두 개의 개인용 천막이 나타났다. 보초병은 그가 가까이 다가갔을 때까지도 그를 의식하지 못하고 있었다. 훈련이 시작되고 한 번도 물을 찍어 바르지 않은 것처럼 보초병의 얼굴은 더러웠고, 눈초리에는 눈물 찌꺼기로 된 눈곱이 끼어 있었다. 그는 정 중위가 바로 앞에 나타나자 놀랐는지 총을 들이대고 소리 질렀으나 곧 정 중위를 알아보고 총을 내렸다.

"이 험한 곳까지 오시느라고 수고가 많으셨습니다."

그렇다. 적어도 어제 오후부터 지금까지 내내 이곳을 향해 왔으니까. 대대장의 행색도 보초병과 조금도 다름없이 초라하고 더러웠다.

* 집총: 총을 쥐거나 지님.

"이곳에서 장교라고는 자네와 나뿐이야. 작전 보좌관도 연락받고 어제 내려갔으니까. 사병 4명과 하사관 1명이 있네. 자네는 오늘부터 이들을 통솔할 책임이 있고 나를 도와서 전문을 접수하고 발송해 줘야겠어. 식량은 쌀 한 가마, 보리 한 가마, 그 밖에 건빵이 50봉 있지. 우리는 이곳에 와서 최초 이틀간 건빵으로 연명했어. 이곳에서는 구명을 간청하거나 지원을 요청하거나 교대를 희망한다고 해서 꼭 그것이 이뤄지는 게 아니네. 들어주지 않으면 그만이니까. 무엇보다도 우리는 군인이고, 군인은 명령 없이 자리를 이탈해서는 안 된다는 것을 명심해 두게."

아침 햇빛이 두 개의 천막 위를 비췄다. 간밤에 내린 눈이 한동안 은색으로 반짝거리는가 싶자 이내 그 찬란함은 사라졌다.

대대장은 천막 앞에서 해를 향해 팔과 어깨와 다리 운동을 했다. 그리고 또 말했다.

"정 중위, 군대란 인간을 움직이는 조직이지. 아주 평범하고 상식적인 이야기로 들리겠지. 그러나 뒤집어 생각해 보면 군대란 인간이 만든 것이기도 해. 이런 걸 모순이라고 말해도 되는 건지 모르겠어. 자네가 별을 달고 부대 안을 횡행*했다는 사실도 따지고 보면 인간이라는 자네와 군대와의 부조화에서 생긴 것일 거야. 하지만 인간은 자기 존재를 합리화시키기 위해서라도 조화를 구하지 않으면 안 된다구. 조화 없이는 아무래도 생존의 거처는 없으

* 횡행 : 아무 거리낌 없이 제멋대로 행동함.

니까. 군대를 떠난다 해도 자네는 이보다 더 큰 사회에 소속하게
되지. 우리는 종종 신문에서 읽고 있잖아? 무엇인가에 부대끼고
있는 인간들을, 어디론가 떠밀려 다니는 인간들을, 그러다가 지치
면 자살이라는 방편으로 자멸해 버리는 인간들을."

그는 천막 안으로 얼굴을 디밀었다가 면도칼을 들고 나왔다. 그
의 얼굴은 차가운 대기 속에서 불그레 상기되어 있었다.

"그렇지만 어떻게 조화를 찾십니꺼? 군대에서 부조화가 생기
는 현상은 조직을 다스리는 인간에게 자비가 없기 때문입니다. 당
하고 있는 사람의 잘못은 아니지 않십니꺼?"

"자네는 신을 믿나, 신을? 안 믿을 거야."

"믿지 않십니더."

"조화를 이루기 위해서는 신을 믿어야 하네."

"신은 불행한 인간들이 만들어 낸 도덕률의 지배자일 뿐이라
생각하는데예. 조직과 같은 것입니더. 조직처럼 인간을 타락시키
고 있십니더."

"너무 비약하는군. 생각에 체계가 없으면 비약할 수밖에 없어.
사회, 종교적 담론은 이만 접어 두지. 자, 일을 시작해 볼까."

대대장은 덥수룩이 자란 수염을 비누칠도 하지 않고 버석버석
밀어 댔다.

정 중위는 그날 오후 대대장이 무전기 앞에서 눈물을 흘리고 있
는 것을 목격했다. 왜 눈물을 흘려야 했을까, 왜? 밖에는 세찬 바

람이 몰아쳤다. 천막은 지주* 판과 소나무 가지에 단단히 연결되어 있었지만 풍선처럼 부풀어 올라서 금방이라도 펑 소리를 내고 터질 것만 같았다. 보초병이 이따금 발이 시려웠던지 발을 구르는 소리가 퉁퉁대며 정 중위가 쭈그리고 앉아 있는 땅을 울리고는 했다. 무전기에서는 여전히 리빠똥 장군의 발악이 그치지 않고 들려왔다. 대대장은 더 이상 답변할 것이 없었다. 들려오는 말투로 미뤄 보아 장군은 안절부절못하고 있음이 분명했다. 대대장은 무전기에서 떨어져 모포 위에 벌렁 누웠다. 바람에 잔뜩 부풀어 오른 천막을 올려다보던 그의 두 눈에 눈물이 맺혔다. 그는 감정을 억제치 못하고 흐느끼기 시작했다.

전날 오전까지 연락되던 대대의 일부 수색대가 동쪽으로 전진하자 오후부터 통신이 두절됐다. 그런 데다 사단장은 작전 수행에 차질이 있다고 리빠똥 장군에게 호통을 쳐 왔던 것이다. 리빠똥 장군은 대대장을 불렀다. 그러나 대대장으로서는 어제 오전까지의 상황 보고만 되풀이할 수 있었을 뿐, 떨어져 나간 수색대의 상황을 알릴 수가 없었다. 장군은 갖은 욕지거리로 대대장에게 모욕을 주었다. 그것이 오후 내내 계속된 것이다.

대대장이 마지막으로 받은 전문은 다음과 같은 것이었다.

"어떻게 하든 연락을 취하라. 이 명령을 불이행 시에는 귀관을 포 사격으로 뭉개 버리겠다. 귀관은 오피의 임무를 망각하고 있

*지주 : 받침대, 버팀대.

다. 자네는 하이킹을 하고 있는 것이 아냐. 자네를 대신해서 이곳에 나와 내가 고생하고 있는 것을 안다면 어떻게 나를 배신할 수 있는가? 이 바보 같은 놈아. 연대장."

대대장의 흐느끼던 소리가 멎고 다시 바람 소리와 보초병의 이따금 발 구르는 소리만이 들려왔다.

7

"대대장님?"

정 중위가 침묵을 깼다. 대대장은 얼굴을 들고 그를 보았다.

"까짓것 아무렇게나 생각합시더. 운이 좋으면 교신이 될 거 아닙니꺼."

해는 지고 어둠이 깔릴 때까지 대대장은 생각에 잠겨 있었다. 촛불이 가물거렸다. 추위 속에서 그들에게 희망이라고는 없었다. 방한모를 쓰고 있었지만 목덜미에 한기가 으스스 파고들었다. 발은 점점 더 차갑게 얼어 오고 있었다. 그들의 몸에서 피의 순환이 정지하고 몸은 그대로 석고처럼 얼어붙는 것 같았다. 리빠똥 장군의 지시에 따라 두 명의 장교는 이제 살을 에는 듯한 바람이 몰아치는 산중에서 죽은 것이나 다름없었다. 그와 같은 공포가 두 사람에게 쉼 없이 엄습해 왔다. 다시는 날이 밝지 않고 영원한 어둠 가운데서 이 고지의 장병들은 망각될지도 몰랐다.

"결코 이대로 있을 수는 없지. 무언가 이루고야 말겠어. 한번 시도해 볼 만한 일이 아직 남아 있다, 정 중위."

대대장은 천막 문을 헤치고 밖으로 나갔다. 그러고는 무전기를
밖으로 끌어냈다.

"여기보다 더 높은 고지가 꼭 하나 있네. 마봉산 고지다. 거기
로 올라가지. 통신 하사에게 오피를 이동시키도록 지시해. 그리고
사병 하나를 우리와 동행시켜 먼저 떠나도록 하자."

정 중위는 통신 하사관에게 천막을 꾸리고 곧 따라오라고 말했
다. 세 명의 사나이는 곧 길을 떠났다. 그 고지는 맞바라볼 수 있
을 만큼 가까웠으나 깊숙한 계곡을 하나 건너야 했다. 바람이 산
정으로부터 사납게 몰아쳐 내렸다. 길은 미끄러울 뿐만 아니라 때
때로 끊겨 있었다. 그들은 곧장 계곡 아래로 내려갔다. 무전기를
짊어진 김 병장은 가운데서 앞에 가는 대대장으로부터 떨어지지
않으려고 걸음을 빨리하다가 비탈길에 주저앉고는 했다. 바람이
불 때마다 나뭇가지에서 하얗게 눈꽃이 떨어졌다.

산은 아무리 걸어도 막아서는 장벽과 같았다. 정 중위는 다리를
떼어 놓을 때마다 시간과 관계 없이 그 자리에서 조금도 움직이지
않고, 다만 허우적거리고 있는 것이나 아닐까 생각했다. 어느 산에
선지 짐승의 울부짖음이 메아리 되어 계곡을 울리고 있었다. 처음
에 그 소리는 맞은편 산에서 시작되는 것 같았는데, 옆에서도 뒤에
서도 울렸다. 사방에서 짐승들이 합창을 하고 있는 것만 같았다.

"저놈들은 잠도 자지 않는 모양이죠?"

숨이 차는지 헉헉거리며 가던 김 병장이 얼굴을 돌려 느닷없이 뇌까렸다.

"저놈들에게도 리빠똥 장군 같은 놈이 있어 잠을 자지 못하게 들볶이는 것인지도 모르지."

정 중위가 대꾸했다.

대대장은 때때로 걸음을 멈추고 플래시로 지도를 비추어 보았다. 그럴 때마다 언뜻 어둠 속에 떠오르는 그의 얼굴은 창백했다. 키는 컸으나 여자와 같이 갸냘픈 얼굴 선. 거기에 걸맞지 않은 창백한 의지. 그것은 절망으로부터 자기 자신을 구해 내려는 안간힘이었다.

"대대장님, 왜 고생을 사서 합니꺼?"

"고생? 이따위를 고생이라고 생각하나? 적어도 나는 연대장보다 현명해지려는 것뿐이야. 나는 이번 훈련에서 내 부대를 마음대로 움직여 보지 못한 못난 지휘관이야. 대대장이 대대의 오피 장교를 하고 있다면 누구든지 코웃음 치겠지. 그러나 나는 연대장을 이겨 내고 말겠어."

계곡 밑바닥은 온통 가시덤불 군락지였다. 양 기슭으로부터 덩굴이 개울의 하늘을 덮고 있어 전진하기가 힘들었다.

"자네는 스스로 별을 달고 피에로 짓을 했지만, 나는 타자에 의해 격하된 피에로라네. 결과적으로 자네가 훨씬 능력 있는 피에로인지 모르겠어. 나는 연대장이 자네를 보낸 이유를 알 듯하네. 그러나 나는 사관학교에서 의지를 배웠지. 의지가 모든 것을 해결할 수 있다는 것을. 인간의 몸뚱어리와 정신이라는 게 무언가? 이것들은 모두 의지에 의해 지배되고 있어. 의지는 인간 위에 존재하고 있단 거야. 자네와 내가 다른 것은 이런 점이겠지. 자네는 어떤 힘…… 겨우 리빠똥 장군의 힘에 의해서 부대끼다가 자기를 절망 상태로 끌어내리고 어쩌면 파멸해 버릴지도 모르지만 나는 그렇지가 않아. 나는 굴욕 속에서도 결코 꺾이지 않을 의지가 있다네. ……이와 같은 덩굴이 저 산정 위까지 뻗어 있어 내 몸뚱어리가 갈기갈기 찢어진다 해도 나는 기어코 저 위까지 올라가고 말 거야."

"그렇다면 아까는 왜 우셨십니꺼?"

"그건 나를 향한 울음이지. 그것은 나를 연약하게 한 것이 아니라 내 마음의 강심제*가 됐어."

"저에게 무엇인가 가르치시는 것 같은데요! 대대장님, 대대장님은 오류를 범하시고 있십니더. 제가 대대장님의 행동을 염탐하기 위해 보내진 건 장군의 힘에 의해서가 아니라 근본적으로 조직의 힘에 의해서인 것입니더. 대대장님의 의지나 저의 피에로에의 타락은 인간과 조직과의 싸움에서 비롯되는 하나의 투쟁 방법이 아닙니꺼?"

"그것이 무엇의 힘에 의해서건 나를 꺾을 수는 없어. 자네는 조

* 강심제 : 쇠약해진 심장의 기능을 회복시키는 약.

직의 힘에 의해서라고 말하지만, 그렇다고 연대장이란 인간을 무시할 수가 있나?"

대대장은 덩굴 숲을 빠져나가 바위 위에서 손을 아래로 내밀고 김 병장을 끌어올리면서 악을 쓰듯 소리쳤다. 세 사나이는 다시 산을 기어오르기 시작했다. 그들이 올라가고 있는 곳은 비바람에 쪼개져 나간 돌멩이들이 뒹굴고 있어 발을 디딜 때마다 계곡 아래로 굴러 내려갔다. 하늘에는 구름 한 점 없이 별이 총총했다. 그들은 땀을 흘리며 계속 걷고 있었으나, 피로한 줄 몰랐다. 정 중위는 계곡으로 굴러가는 돌멩이 소리를 들으며 자연에 대한 두려움에 가끔 숨소리를 죽였다. 그것은 차츰 인간에 대한 두려움으로 변해 갔다. 확실한 것은 월남의 숲 속을 걷고 있는 것이 아니었음에도 환각이 그의 뇌리를 사로잡았다.

갑자기 숲 속에서 일발의 총성이 들려왔다. 소대원들은 납작 엎드렸다. 다시 정 중위는 사방을 둘러보았다. 숲 속에 도사리고 있는 것은 음흉스러운 암흑뿐이었다. 그 암흑 속에서 누군가 총을 들이대고 있는 것이다. 그때 그가 엎드리고 있는 땅바닥으로부터 기어올랐는지, 나뭇잎에서 떨어졌는지 한 마리의 콩알만 한 갑충이 팔뚝 위를 스멀거리며 기어가는 것을 느꼈다. 그는 생각에 잠겨 있었다. 그것은 참으로 기이한 생각이었다. 그는 소대원들에게 무엇을 지시하고 이 위험 속을 어떻게 뚫고 나가야 하는지를 머리에 그리고 있었던 것이 아니다. 그것은 생명에 관한 것이었다. 그리고 절망에 관한 것이었다. 갑충이 이 사태에서 생명의 위협을 느끼고 절망했다면 꼼짝도 않고 나처럼 엎드려 있어야만 할 것이다. 그러나 이 갑충은 여전히 움직이고 있다. 필연코 세상에 태어나서 처음 당하는 인간과의 경험에서 갑충은 절망하지 않고 있는 것이다. 갑충은 인간이 아니기 때문이다. 그는 절망하고 싶어도 절망할 줄 모르는 갑충. 이 벌레에게는 신일 수도 있는 나는 이 벌레를 대견하게 여겨야만 할 것이다. 그는 또 생각했다. 가령 인간에게 신이 있다면 그 신은 나를 어떻게 생각할까. 내 생명을 노리고 있는 이 함정에서 어떡해서든 빠져나가야만 한다. 그래야지만 신은 나를 대견스럽게 생각할 것이 아닌가. 갑자기 총소리가 사라지고, 적이 숲 속으로 자취를 감춘 후에 그는 엎드렸던 자리에서 일어났다.

손목시계의 시침은 오피의 천막을 떠나온 지 두 시간이 훨씬 지나 있었다. 정 중위는 김 병장의 뒤를 따라가며 여전히 생각에 잠겼다. 그는 그때 세 명의 부하를 잃었고, 그 후 전투 때마다 두려움에서 벗어나지 못했었다. 그리고 이 두렵다는 감정은 마침내 노이로제 증세로 발전했다. 그는 지금도 왜 별을 달고 리빠똥 장군 앞에서 시위하려 했는지 알 수가 없었다. 그것은 아마도 그의 목숨을 위협하는 어떤 대상으로부터 탈출하려는 그 나름의 우연한 행동이라고 생각할 때가 있었으나 아무래도 자신이 정상적인 인간이 아니라는 느낌이 어렴풋이 들고는 했다. 그는 조직을 운영하는 리빠똥 장군, 아니 조직에 부대끼는 리빠똥 장군이라는 미친 신으로부터 생명의 위협을 받고 있는 한 마리의 갑충이라는 절망감을 떨쳐 버릴 수가 없었다. 그는 대대장의 의지가 차츰 부러워졌다.

8

"소주를 가지고 오라는데 뭘 꾸물거리는 건가?"

리빠똥 장군은 벌써 네 번째 이 말을 되풀이해서 외쳐 대고 있었다. 1일 초과분으로 가지고 온 경유가 방금 도착해서 대대 시피 천막 안의 난로는 시뻘겋게 달아올랐다. 주위에는 작전 장교를 비롯해서 대대 전 참모와 특과 부대의 포병 장교가 둘러서 있었다.

그 가운데 리빠똥 장군은 계급장도 달지 않은 방한복을 걸치고 의자에 앉아서 곧 터질 것 같은 울화통을 겨우 누르며 달아오른 난로를 쏘아보고 있었다. 그는 오늘 내내 사단장으로부터 상황 보고를 하지 않는다고 욕을 들은 데다 훈련 상황을 둘러보기 위해 나온 군단장으로부터 '형편없는 지휘관'이라는 딱지를 받고 보니, 제정신이 아니었다. 그의 판단으로는 모든 원인이 예하 부대와 무선 교신을 하지 못하고 있는 대대장 송 중령에게 있다고 여기고, 책임이 자기보다는 대대장에게 있음을 주지시키려고 했으나 그럴수록 상관들은 그를 무능한 지휘관이라고 몰아부쳤던 것이다.

"개새끼, 어디 보자!"

그는 이를 갈며 별렀다. 전령이 통조림과 2홉들이 소주 두 병을 가지고 들어왔다.

"음."

그는 신음 소리를 한 번 내고 전령을 힐끗 돌아다보았다.

"주보*병의 위치가 어딘데 이렇게 늦었어? 주보란 항상 지휘관과 같은 위치에 있어야 하는 거야."

일갈한 그는 캔틴* 컵에 따라 주는 소주를 벌컥벌컥 들이켜기 시작했다. 그는 계속 술을 들어 한 병을 다 마시더니, 나머지 병은 건너다보지도 않고 작전 장교를 불렀다.

"자네는 현재 대대장의 참모가 아니라 내 참모야. 그러니까 지금부터 내가 내리는 명령을 따라야 한다."

작전 장교는 무슨 불벼락이 떨어질지 몰라서 두 눈만 끔뻑거리고 있었다.

"그렇게 멍청하니 서 있지 말고 내게 가까이 와."

그는 의자에서 일어나 취기 때문에 다리를 휘청거리며 상황판 앞으로 다가갔다.

"자네, 오피가 위치한 지점을 지적해 보게…… 옳지, 옳지, 맞았어."

장군은 기특하다는 듯이 작전 장교의 어깨를 두드렸다.

*주보 : 군매점을 이르는 말.
*캔틴 : 수통.

"그리고 현 시피의 위치…… 그렇지. 됐어. 자넨 물러나 있게. 다음 포병 장교 이리 와."

포병에서 파견된 젊은 오 중위가 성큼 한 발 나섰다. 그는 이 부대에 파견되기 전에도 리빠똥 장군의 명성은 익히 들어 알고 있었기 때문에 항상 각오는 되어 있었다. 그래서 그의 행동은 겉으론 패기에 찬 것처럼 보였으나 실상 가슴은 마구 콩당질을 치고 있었다.

"보다시피 이곳이 대대 오피, 또 여기가 시피, 그러면 자네 포병이 위치한 곳은 어딘가?"

"여깁니다."

오 중위는 시피보다 좀 후방에 그려진 포병 부대 표지를 가리켰다.

"됐어. 지금부터 포 사격 제원*을 산출해 내게."

"네?"

오 중위뿐만 아니라 일동은 아연 긴장했다. 그런 장교들의 표정을 지레짐작하고나 있었던 듯 리빠똥 장군은 회심의 미소를 흘렸다.

"목표는 어딥니까?"

"이런 우라질 놈. 어디긴 어딘가? 오피야!"

*제원 : 사격을 하기 위한 목표물까지의 사거리와 각도를 계산하여 산출해 낸 수적 지표.

장군은 두 주먹을 오 중위의 눈앞으로 들이밀며 악을 썼다. 오 중위는 입을 딱 벌리고 공포에 잠긴 눈으로 장군을 바라보았다. 그는 더듬거리며 입을 열었다.

"거긴, 거기엔…… 대대장님이 있지 않습니까?"

"이 새끼! 그걸 누가 모르나?"

마침내 장군의 지휘봉이 오 중위의 철모 위에 휙 날아들었다. 오 중위는 이미 사시나무 흔들리듯 오들오들 전신을 떨고 있었다. 그러나 이윽고 무엇인가 결심했는지 비장감 어린 얼굴을 돌려 장교들을 바라보았다.

"아직 사격 명령이 떨어진 것은 아니니, 우선 제원을 산출하는 것을 용서 바랍니다."

그러나 그의 말을 되받은 것은 장교들이 아니라 장군이었다.

"이건 돌아도 무지무지하게 돌았군. 지휘관은 나야. 참모들이 아니란 말야."

오 중위는 상황판으로 다가서서 삼각자로 거리를 재고 포켓에서 제원표를 꺼내 탄종별에 따른 제원을 하나하나 기록해 갔다. 모두들 오 중위의 행동을 마음속에 새기듯 뚫어지게 바라보며 침묵을 지켰다.

"연대장님, 105밀리미터 포로써는 최대 사거리*로 쏘아야 겨우 도달할 것 같습니다. 거리가 멀고 산의 지형이 고르지 않아 명

*사거리 : 탄알, 포탄, 미사일 따위가 발사되어 도달할 수 있는 곳까지의 거리.

중률은 희박합니다."

오 중위가 입을 열었다.

"그으래?"

장군은 한동안 생각에 잠겨 흙바닥을 내려다보았다.

"거짓말은 아니겠지?"

오 중위는 제원이 틀림없다고 대답하고 사각*도 곁들여 설명했다.

"됐어. 그리고 통신관?"

"넷!"

"대대장 그놈은 아직도 예하 부대와 연락을 취하지 못하고 있나?"

"네, 그렇습니다. 그뿐만 아니라 몇 시간 전부터는 아무런 연락도 없이 대대장님과의 통신마저 두절되고 말았습니다."

"뭐라고? 개새끼가 잠만 자고 있단 말야? 이젠 부를 필요도 없다. 포병 장교, 사격 명령을 내려!"

장교들은 리빠똥 장군이 미쳐 간다고 생각했다. 그 뒤처리는 미뤄 놓더라도 당장 몇 명의 인명이 포탄에 날아갈지도 몰랐다. 그들은 그의 미친 행동을 제지해야 한다고 생각했다. 이런 판단을 대표해서 앞으로 나선 것은 작전 장교였다.

"연대장님! 사격했다가는 큰일 납니다. 사람이 죽습니다."

*사각(射角): 총포를 쏠 때, 총신이나 포신이 수평면과 이루는 각도.

"이 새끼가 반역하는가?"

소리를 지르면서 장군이 권총을 뽑아 들었다.

"내가 오늘 당한 것을 모두 보았겠지? 나를 배반하여 전부터 모함하고 다닌 놈이 누군지 아는가? 여기에 답변하지 못하는 놈은 잠자코 있으란 말야. 주둥아리를 까불면 죽인다."

"그렇지만 대대장은 그렇더라도 거기에는 정훈관 정 중위도 있지 않습니까?"

"흠, 정 중위…… 고릴라 말인가? 그놈도 같이 희생당하는 거야. 군대에서 그따위 해이한 정신을 가진 놈은 사라져 마땅해. 너도 이젠 입을 다물어. 알겠나?"

작전 장교는 권총 앞에서 물러나고 말았다.

"오 중위, 명령 내려!"

오 중위는 전화통 앞으로 다가갔다. 그는 좀 전처럼 그렇게 떨고 있지는 않았다. 적어도 사람이 죽으리라고 생각지는 않는 것 같았다.

"감마? 여기 알파다. 사격 명령. 목표……."

장교들은 그의 목소리가 실감 나지 않았다. 세상에 이런 일이 있을 수 있을까. 그러나 눈앞에서 벌어지고 있는 광경은 엄연한 현실이었다.

"잔소리하지 마라. 선임 하사관, 자네의 책임은 내가 진다. 자네가 찾은 대로 목표는 오피가 맞다."

오 중위는 전화통에 대고 소리치고는 전화통을 쾅 내려놓았다. 긴장된 시간이 침묵 속에서 흘렀다. 다시 전화벨이 울렸다.

"사격 준비 완료!"

오 중위는 다시 확인하려는 듯이 장군을 바라보았다. 리빠똥 장군의 두꺼비와 같은 비죽 내민 입이 씰룩거렸다. 그는 천천히 의자에서 일어나 천막 밖으로 나갔다. 그리고 육백산 고지 위를 바라보았다. 흰 눈이 덮인 산야에 바람이 나뭇가지를 울리며 휘몰아치고 있었다. 바람 소리 외에는 아무 소리도 들리지 않았다. 죽음과 같은 정적이 주위를 휩싸고 있었다. 그 대지 위에 작달막한 키를 세우고 리빠똥 장군은 미친 사람처럼 소리쳤다.

"사격 개시!"

오 중위는 전화통을 입에 댄 채 그 명령을 되받았다.

"사격 개시!"

그 순간 적막을 깨뜨리는 발사 포성이 들리더니 육백산 고지 어디쯤에 섬광이 번쩍했고 얼마 후에 폭발음이 은은히 산곡을 울렸다. 그리고 다시 정적이 찾아들었다.

"계속 쏴!"

장군이 또 외쳤다.

"제2탄."

"3탄……."

오 중위는 1탄이 발사된 후 이성을 잃어 가고 있었다. 다른 장교들과 시피의 병사들은 천막 밖으로 뛰어나와 리빠똥 장군이 권총을 휘두르며 발악하는 모습과 산정의 섬광을 번갈아 바라보며 어찌할 바를 몰랐다.

그때 오 중위는 천막 안의 무전기에서 무슨 소리인가 들려오고 있음을 느꼈으나 그로서는 아무런 사고도 구사할 수가 없었다. 밖에 나가 있던 장병들이 그 무전기의 소리를 들을 수 없었음은 당연했다.

"알파, 알파. 여기는 부라보. 감 잡고 나와라. 알파, 알파, 육백산에 터지는 정체불명의 포탄에 대해서 확인해 주라. 알파, 알파, 부라보는 육백산보다 더 높은 고지를 점령하여 방금 동쪽에 위치하여 수색하던 촬리 중대와 교신에 성공했다. 알파, 알파, 이 사실을 시피장에게 알려라. 알파, 알파, 나와라."

그러나 아무런 응답이 없자 무전기에서 욕지거리가 흘러나왔다.

"똥파리 개새끼야, 여기는 부라보. 느그들 모두 뒈졌나?"

그것은 정 중위의 음성이었으나, 이윽고 무전기의 가느다란 외침은 사라지고 말았다. 그래서 아무도 이 사실을 알지 못했다.

9

겨울 날씨치고는 유난히도 포근한 1월 하순의 어느 날 오전, 연대장실 앞에 지프차 한 대가 와서 멎었다. 문이 열리고 서류 뭉치를 옆에 낀 한 새파랗게 젊은 대위가 내렸다. 그는 여유 있는 태도로 연병장을 둘러보고, 연대장실로 들어가는 입구의 부대 간판을 올려다보더니 천천히 발을 안으로 옮겼다. 안경을 걸친 그의 얼굴은 무척 창백하게 보였으나, 무엇인가 규명해 내려는 듯이 두 눈만은 또렷이 빛났다. 그의 목 깃에 달린 배지는 그가 법무관이란 것을 알려 주고 있었다.

지프차 소리를 듣고 연대 선임 하사관이 허겁지겁 뛰어나와서 경례를 붙였다. 그 대위는 선임 하사관에 흘깃 눈길을 주고 나서 연대장실 출입문 쪽으로 곧장 걸어가면서 말했다.

"물론 계시겠지요?"

"네, 기다리고 계십니다."

그러고 나서 그는 노크도 없이 문을 쓱 밀어젖혔다.

"법무 참모실에 근무하는 장준철 대위입니다."

그 법무관은 조금은 시껍지 않다는 말투로 자기를 소개했다.

리빠똥 장군은 테이블 앞에 앉아 있었다. 장군의 눈은 벌겋게 충혈되었다. 그의 입술과 두 손은 눈에 보일 정도로 떨고 있었다. 그는 그 자신이 떨고 있음을 의식하고 있었는지 자리에서 벌떡 일어나면서 두 손에 힘을 주고 테이블을 꾹 눌렀다.

"거기 앉으시오."

장군은 눈짓으로 의자를 가리켰다. 장 대위는 의자에 앉자마자 여유를 주지 않고 입을 열었다.

"연대장님께서는 오늘 제가 온 목적을 잘 아시리라고 믿습니다만, 요지를 말하자면 바로 이렇습니다. 에, 육백산 훈련 당시 대대장과 정 중위가 있던 오피를 타깃으로 정하고 포를 쏘아 대었다는 사실이 간과할 수 없는 중대한 사건으로 대두되었다는 것입니다. 본인들과 사단장님은 없었던 일로 덮어 두자고 하지만, 이 사실은 이미 군단에서 알고 조사할 것을 지시해 왔습니다. 이것은 도저히 상상할 수조차 없는 사건으로서 우리 조직이 지닌 병폐의 한 측면을 드러낸 것이라는 말입니다. 좀 가혹한 말일는지 모르겠습니다만 연대장님을 병원체로 보고 있는 것입니다. 오늘 제 질문도 이러한 전제를 근거로 하고 있기 때문에, 이 테두리에서 벗어나지는 않겠습니다. 그것을 양해해 주시기 바랍니다."

장 대위는 리빠똥 장군을 바라보았다. 장군은 입을 꽉 다물고 뿌루퉁한 표정으로 붉은 에나멜을 칠한 방바닥에 시선을 던지고 있었다.

"좋소, 그 건에 대해서는 좀 과한 행동을 했다는 생각도 들었지만, 아직도 나는 정당하다고 믿고 있소. 내가 20여 년간 익혀 온 상식으로는, 군대란 어디까지나 지휘관 위주의 군대여야 한다고 생각하오. 부하를 위한 서 푼어치 동정보다는 지휘관은 자신이 결정한 바를 행동에 옮기는 것만이, 그리하여 먼저 승리하는 것만이 지상의 과제이자 목표요. 군대 조직이란 단순히 국가 이익을 위한 수단에 지나지 않는다고 보는 것이 내 입장이오. ……여하튼 좋소. 어서 질문하시오."

서류를 들척거리며 조용히 듣고 있던 장 대위는 얼굴을 들고 리빠똥 장군의 얼굴 위에 눈길을 꽂았다.

"자신이 정상적이라고 생각하십니까?"

첫 질문부터 장 대위는 장군을 조롱할 심산인 듯이 보였다. 그러한 의도를 눈치 채지 못한 장군은 조금은 어리둥절한 듯이 두 눈을 끔뻑거렸다.

"그럼. 나는 정상적이야."

그러나 이렇게 대답하고 나니까 뭔가 퍼뜩 짚여 오는 것이 있었다. 별을 달고 연대를 누비고 다니던 정 중위에게 자네 미쳤느냐고 물어보았던 일이 되살아났던 것이다. 정 중위가 자기에게 당했던 것처럼 꼭 그런 위치에서 똑같은 질문을 자신이 받고 있구나 하는 슬픈 감정이 솟구쳤다.

"아니, 자네 장 대위 말야, 나를 미친놈으로 취급하는가?"

"그것은 병원에서 진단할 일이지만 워낙 사건이 상식 밖의 일이라서 제 질문에 대한 답변을 신용하기 위해서입니다. 그건 그렇고, 왜 포사를 하지 않으면 안 되었습니까?"

"그건 뻔하오. 중령 계급장을 단 장교가 통신기를 가지고 있으면서도 연락조차 취하지 못하니 말이오."

"중령과 통신기가 무슨 상관이 있습니까? 가령 연대장님께서 그곳에 있었다면 그것이 가능했을까요?"

"글쎄…… 불가능했을지도 모르나, 요는 지휘관이란 불가능을

172

가능케 하기 위해서 부하를 혹사시킬 수도 있소. 나의 지휘관이 그것을 요구했다면 나는 깨끗이 당하겠소."

"부하를 채찍질하기 위해서 다른 방법을 놓아두고 포사까지 할 필요는 없었던 것이 아니겠습니까? 이 사실은 상관에게 불만을 품고 부하에게 화풀이한 독재적 광포성에 지나지 않는다고 볼 수도 있습니다. 제가 연대 장교들에게 알아본 바에 의하면, 연대장님은 그런 성격을 띤 대표적 인물이라는 인증이 있습니다."

"나는 언제나 영내에서는, 지휘관이란 현명한 군주가 될 수 있다고 생각하고 말해 왔으니까. 장 대위가 한 말 가운데에 광포성이란 단어만 들어가지 않았다면 만족하겠는데……."

"그렇다면 연대장님은 자신이 현명했다고 생각하십니까?"

리빠똥 장군은 순간 얼굴의 근육을 씰룩거리며 찡그렸다. 그러더니 느닷없이 웃음을 터뜨렸다.

"으하하하, 현명이라, 현명이라……."

이번에는 장 대위가 어리둥절한 표정을 지었다. 그러나 곧 그는 그가 지니고 온 임무의 한 가닥 실오라기를 풀어 놓았다.

"광포성이 아니라면……."

장군은 웃음을 딱 그쳤다.

"뭔가?"

"정상적이 아니라는 것입니다. 그것을 인정해 주셔야겠습니다."

"정상적이 아니라는 것이나 광포성이나 모두 정상적이 아니지 않소?"

리빠똥 장군은 떨고 있었다.

"그렇습니다."

장 대위는 단호하게 말했다. 그러자 장군은 자리에서 일어나서 빠른 걸음으로 다가와 장 대위의 얼굴 앞에 그의 코끝을 들이대고 다그쳤다.

"내가 미쳐 있음을 자공*하란 말인가? 모두들 그것을 요구하고 있단 말인가?"

"짐작하셨군요. 20여 년 동안 오로지 군 생활에 몸을 바쳐 온 연대장님을 군재*에 회부하느니, 차라리 정신 이상자로 결정하여 차제에* 군대를 떠나 주십사 하는 것입니다. 군재에서는 당연히 연대장님이 불리합니다. 그러니, 병원에서 몸을 쉬시다가 적당한 때에 떠나 주시는 것입니다. 죄송한 말입니다만 어쩌면 연대장님은 실제로 가벼운 정신병적 증상을 지니고 있는지도 모르니까요."

장 대위는 안경을 고쳐 쓰고 장군의 얼굴이 어떤 표정을 띠는가 살펴보았다. 이제 장군은 화를 내지 않았다. 그는 천천히 허리를

*자공(自供) : 스스로 진실을 말함.
*군재 : '군사 재판'을 줄여 부르는 말.
*차제에 : 때마침 주어진 기회에.

174

펴고 다시 자기 자리로 돌아갔다. 장군의 두 눈에 눈물이 얼른 비쳤다.

"나는 아직도 내가 옳았다고 생각하고 있소. 하지만 그것만 인정하면 된다는 말이지? 좋소. 이젠 더 이상 변명하고 싶지도 않으니까. 아니 꼭 한마디만 말하겠소. 티껍고* 더러운 개새끼들이 우글우글한데, 왜 내가 걸려들어야 하는지…… 내가 나빴더라도 그것은 내가 군대에서 배워 온 대로 행동했기 때문이야. 군대가 나를 이 꼴로 만들었다는 말이오. 권모술수*를 몰랐던 너무나 순진한 이 나는 기계처럼 일을 해 왔을 뿐이오. 그리고 일정한 궤도 안에서 그 순리만을 따라왔던 나는 세월과 함께 인간성을 하나하나 빼앗겨 버린 것에 불과하오. 좋소, 내가 미친 것을 자인하더라고 가서 보고하시오."

"감사합니다. 그럼 돌아가겠습니다."

이내 장 대위는 일어섰다. 그의 태도는 처음의 인상처럼 건방졌고, 항상 무엇인가 찾아내려는 듯이 두 눈을 빛내고 있었으며, 자기의 소임이 무사히 끝났음을 심히 만족해하는 것처럼 보였다.

리빠똥 장군은 육백산 포사격 사건 이후 즉시 지휘권을 대대장에게 넘기고 사단장에게 불려 가 크게 질책을 받았고 때때로 여러

---

*티껍고 : '더럽고'의 방언.
*권모술수 : 목적 달성을 위하여 수단과 방법을 가리지 아니하는 온갖 모략이나 술책.

장교들에게서 비난의 소리를 들어왔지만, 이렇게 쉽사리 몰락하리라고는 짐작조차 못했다.

그는 창가로 다가가 밖을 내다보았다. 수송반 쪽에서는 모처럼 따스한 날을 맞아 차를 정비하느라고 병사들이 부산히 움직이고 있었다. 육백산에서의 그 훈련이 끝나고 송 중령의 대대가 돌아온 것도 한 달이 지나 있었던 것이다.

10

장군이 정신 병원으로 후송되고 당분간 연대는 부연대장이 지휘하고 있었다. 연대의 장사병들은 폭군이 사라졌음을 기뻐하였으나, 한편으로는 그 인간에 대해 일말의 동정을 아끼지 않는 축들도 있었다. 그래서 연대의 전체 분위기는 침울했다. 이러한 낌새를 알아차린 상부에서는 곧 새로운 지휘관이 부임하리라는 언질과 함께 훈련 기간 중 송 중령 부대의 노고를 치하하기 위해 금일봉을 전달해 왔다.

리빠똥 장군이 그 사건 이후 시달림을 받고 있는 동안 송 중령이나 연대 본부의 정 중위는 화제의 인물이 되어 있었다. 그 오피 위치를 떠난 이후에 포탄이 날아갔다는 기적과 같은 신기성을 떠벌렸고, 그 불굴의 투지로 육백산보다 더 높은 정상을 정복하여 교신을 할 수 있었다니 장군의 악의에 비하면 영웅적 행동이 아니겠느냐는 칭찬이었다.

정 중위는 그런 말을 들을 때면 다소 기분이 들뜨기도 했지만 송 중령은 전혀 그런 내색을 엿보이지 않았다. 내려온 금일봉으로 약간의 떡을 빚고 막걸리를 장만하여 식당에서 대대 장병 파티를 열고 연대 참모들까지 초대했을 때에도 여전히 송 중령은 오만해 보이지 않았다. 그는 그에게 인사하는 장교들에게 일일이 웃음을 보내며 겸손한 태도를 보였다.

한창 먹걸리 파티가 무르익어 갈 무렵 송 중령이 초급 장교들 틈에서 술잔을 집어 들고 있는 정 중위에게 다가와서 은근한 목소리로 속삭였다.

"자네 이따가 이 파티가 끝나면 나를 좀 만나 주었으면 좋겠네."

정 중위는 어지간히 취기가 돌아 있었으므로, 끝나기 전에 먼저 숙사로 돌아가 잠을 잘 생각이었다. 그러나 은근한 음성 밑에 깔려 있는 어떤 강요와 같은 것을 느끼고 일찍 돌아갈 수가 없음을 깨달았다. 트럼펫의 고음이 울려 퍼지는 가운데 꽤나 한다는 사병들이 나와서 노래를 불렀다. 왁자지껄 떠드는 소리, 시시덕거리는 웃음소리, 그리고 자욱한 담배 연기가 식당 안을 꽉 메웠다. 소란스러움과 함께 두어 시간이 지나자 장교들은 하나 둘 돌아가기 시작했다. 그리고 대대 선임 하사관이 밴드 단원들을 인솔하여 식당을 나갔을 때에는, 송 중령은 저쪽 끝에, 정 중위는 이쪽 끝에 서서 술잔을 들고 서로의 얼굴을 건너다보고 있었다. 열린 문으로 밤의 차디찬 대기가 스며들고 난롯불은 꺼져 가고 있었다.

"이리 좀 오게."

송 중령이 정 중위를 불렀다. 그 소리는 정 중위가 듣기에 조금도 흐트러짐이 없다고 여겨졌다. 그는 뚜벅뚜벅 대대장을 향해 걸어갔다.

"웬일이십니까?" 하고 그는 씩 웃어 보였다.

"자네 요즘 기분이 좋겠지?"

송 중령이 물었다.

"모든 게 다 대대장님 덕분이라고 생각합니더."

"그럴까? 나는 장군의 덕분이라고 생각하는 중인데……."

"장군이라면 리빠똥 장군 말입니꺼?"

"그래."

그들은 잠시 침묵을 지켰다. 송 중령은 빈 술잔을 하나 들어 술을 따라 권했다.

"그는 어떤 면에서는 나에게 많은 것을 가르쳐 준 스승과 같으니까."

"무엇을 배우셨습니까?"

"그의 통솔 방법."

"네?"

"그가 나를 학대하지 않았다면 나는 그 오판를 고수하고 있었을 뿐만 아니라 도저히 교신을 가능케 할 수 없었지. 더구나 그가 나의 분노를 일으키게 하지 않았다면 자네나 나나 포탄에 희생되고 말았을 거야. 바꿔 말해서, 그가 포탄을 날려 보낸 것은 아직도 너희들이 그 오피에서 통신기를 주물럭거리며 꾸물거리고 있다면 맞아 죽어도 좋다는 의미가 아니겠는가?"

"그렇다면 누구에게도 인기를 얻지 못하고 손가락질만 받은 그 잔학한 통솔법이 앞으로도 반복된다는 말입니꺼? 아, 이건 모순인데예."

정 중위는 두렵다는 듯이 몇 발짝 뒤로 물러섰다.

"이봐, 연극은 그만둬. 자넨 처음부터 연극을 하고 있었어. 자넨 장군에게 이용을 당하면서도 장군에게 반항하고 있었고, 나와 함께 있을 때에도 나에게 자네의 어떤 고뇌의 감정을 전달하려고 노력하는 척했지. 군대의 조직을 무너뜨리고 그 잘난 인간성을 회복시키기 위해서 말야. 어림도 없는 연극이다. 장군은 감정을 지니고 있었지만, 나는 감정이라곤 털끝만치도 없기 때문에 합리적이면서도 더 잔인해질 수가 있지."

정 중위는 도무지 이야기의 실마리를 풀어 나갈 수가 없었다.

"저는 제 행동이 연극이라고 전혀 의식하지 못하고 있었십니더. 연극일 리가 없지예. 오히려 대대장님께서 훈련 때 보여 주신 장군에 대한 저항 같은 것이 연극일 것 같십니더."

"무슨 소리를? 건방지게시리…… 자네가 별을 달고 영내를 횡행했던 것이 연극이 아니고 무엇이었나? 미친놈 소리를 들으면서도 자네는 그의 희극성을 자극시켜 여러 사람 앞에서 그를 망신시키고 결국은 몰락시키려고 했던 거야. 자네는 오류를 범하고 있어. 조직은 결코 자네의 뜻대로 되어 가고 있지 않네. 그런 점에서 자넨 좀 더 냉철할 필요가 있어."

정 중위는 어이가 없었다. 믿고 의지했던 한 사나이가 또 리빠똥 장군의 뒤를 이으려고 하는 것이다.

"전 도무지 뭐가 뭔지 모르겠십니더. 하실 말씀은 그뿐입니꺼?"

송 중령은 담배 한 개비를 뽑아 불을 붙이고 천장에 연기를 훅 내뿜었다.

"또 있네. 우리가 이렇게 화제의 인물이 되고 있는 이상, 장군에게 보답을 해야 하지 않겠나? 연대 참모들과도 의견을 나누었는데 20여 년간 군대에 몸을 바쳐 온 장군이 찾아오는 놈 하나 없이 정신 병동에 틀어박혀 있다면 너무나 기구한 운명이 아니겠는가. 그래도 그를 위로해 줄 사람은 자네뿐이라고들 생각하고 있다네. 연대에서 가장 신임을 받은 장교는 자네뿐이었으니까. 잘 부탁하네. 멋있는 연기를 보여 주었으면 좋겠군."

송 중령은 모자를 집어 들고 식당 밖으로 나갔다. 식당에는 정 중위 혼자만 남았다. 한 시간 전만 하더라도 그는 리빠똥 장군의 흉을 보는 무리들 속에서 위대한 인물로 대접을 받고 있었다. 그러나 지금 그는 고독했다. 가만히 다시 생각해 보면 그 무리들의 칭찬은 단순한 야유였는지도 몰랐다.

"정 중위는 처음 이 부대에 전임해 올 때부터 범상하지 않더니 과연 희극적인 인물이었지."

"그 얼굴을 보게. 고릴라 같은 인상 속에 인간적 풍자가 있었다니 알다가도 모를 일이야."

이따위 소리들이 야유가 아니고 무엇인가. 정 중위는 결코 '리빠똥 장군'을 이겨 낼 수가 없을 것 같았다. 송 중령처럼 제2의 '리빠똥 장군'을 길러 내는 데 이용을 당하고 있었다는 생각이 그의 뇌리를 떠나지 않았다.

그날 밤 그는 그의 침실로 돌아가자 별을 두 개 꺼내 중위 계급장 대신에 그 별들을 붙였다. 그리고 거울 앞에 다가서서 자신의 모습을 비추어 보았다. 별, 별…… 그는 월남 전선에서 죽어 간 전우를 생각했다. 그것은 계급장 중에서 가장 아름다운 것이었으며, 한편 인간의 욕망과 같은 것이기도 했다. 그것은 최고의 권위이기도 했으며 조직을 움직이는 힘이기도 했다.

그러나 정 중위는 그 별을 증오했다. 그는 거울 속에서 소리 없이 울었다. 그는 다시 천천히 그것들을 뜯어냈다.

"대대장의 말은 내일쯤 찾아가서 위로해 주라는 뜻이겠지" 하고 그는 중얼거렸다. 이미 그에게는 하나의 결심이 섰었던 것이다.

그는 모포 속으로 들어갔다. 그의 눈에는 유리창 밖 하늘의 별들이 보였다. 유리창이 때때로 바람에 흔들리는 것을 보니 내일은 꽤 추울 모양이라고 생각했다.

그날 밤, 정 중위는 꿈을 꾸었다. 연대장실의 에나멜 바닥이 서서히 액체로 변하더니 피가 되어 문밖으로 흘러나가는 것이었다. 정 중위는 그것을 막으려고 엎드려 두 팔로 휘젓다가 그 자신도 그만 핏물에 휩쓸려 들고 말았다. 그는 소리쳤다.

"리빠똥, 리빠똥……."

11

리빠똥 장군 때문에 조금이나마 정신 병동의 맛을 보았던 정 중위가 정신 병동에 입원 중인 장군을 위문하러 간다는 것은 아무리 생각해도 기묘한 인연이 아닐 수 없었다. 송 중령이라는 타인의 요구에 의해서 취해진 행위이기는 하지만, 그러나 이제 정 중위는 이 행위가 자발적인 것으로 되어야 한다고 다짐하는 것이었다.

야전 병원은 쓸쓸한 구릉 위에 자리 잡고 있었다. 2층짜리 병원 건물은 블록으로 쌓여졌지만 제법 튼튼하게 보였다. 그러나 몇 그루의 나무가 바람에 흔들리고 있었을 뿐, 주위는 너무나 황량해서 병원 건물이라는 느낌이 들지 않았다. 정 중위는 송 중령이 빌려 줘 타고 온 지프차에서 내리자 곧바로 정신 병동의 군의관실로 들어갔다.

"수고하십니다" 하고 그는 책상 앞에 앉아 무엇인가 열심히 쓰고 있는 한 장교 앞으로 다가갔다. 그 장교가 얼굴을 들어 쳐다보았다.

"이거 오랜만입니다."

먼저 알은체를 한 것은 정 중위였다. 그 장교는 지난번 정 중위에게 압박감에서 오는 가벼운 노이로제 증세를 나타내고 있을 뿐, 입원할 요건이 안 된다고 진단을 내렸던 바로 그 군의관이었기 때문이었다.

"웬일이시오? 뭐, 또 꾀병은 아니겠죠?"

"아, 아닙니다. 꾀병이라니요. 사람을 놀리시네요."

정 중위는 너털웃음으로 얼버무리고 다시 진지한 목소리로 말했다.

"장군……."

"장군이라뇨?"

"리빠똥 장군 말입니더."

"아, 그 환자…… 병문안 오셨습니까?"

"네."

"그 환자는 중태입니다."

"중태라고예?"

정 중위는 놀라지 않을 수 없었다.

"그렇다면 만나 볼 수도 없나예?"

"뭐 그리 속단할 것은 없습니다. 피해 의식이 과도하게 발달해서, 누구나 보면 저주하는 언사를 씁니다. 자기 본위로 생각했던 인간의 피해 의식이란 무서운 일면이 있지요. 그렇기 때문에 정 중위 같은 사람을 만나면 과히 환영할 것 같지 않습니다. 얌전할 때는 아주 얌전합니다만……."

그는 좀 바쁜 서류를 작성하던 참인 듯 다시 펜대를 놀리기 시작했다. 그가 들려준 장군의 증세는 소문을 퍼뜨리기 위한 하나의 전술인지도 모른다고 정 중위는 생각했다.

"바쁘신가 보네예?"

"네. 지금 그에 대한 보고서를 작성하고 있었습니다만."

그러더니 그는 앉은 채로 몸을 돌려 복도 건너편 방을 향해 소리쳤다.

"이 소위!"

곧 간호 장교 한 명이 나타났다.

"정 중위에게 김 대령의 방을 안내하지."

이 소위라 불린 간호 장교는 깡마른 얼굴에 딴에는 애교 섞인 웃음을 띠고 따라오라는 듯이 앞에 서서 군의관실을 나갔다. 그 간호 장교는 복도를 두 번이나 꺾어 가는 동안 내내 앞에서 끼득끼득 어깨를 흔들며 웃고 있었다. 정 중위는 화가 나기도 하고 그런 여자의 모습에 호기심이 나기도 해서 물었다.

"뭐가 그다지도 우습십니꺼?"

"아니에요. 그저 우스워요" 하면서도 간호 장교는 정 중위의 얼굴을 한 번 올려다보는 것을 잊지 않았다. 제기랄, 이 계집년이 내 얼굴을 보고 웃고 있군 그래.

"여깁니다."

복도 끝방이었다. 그녀는 홱 돌아서더니 이제는 호호 제법 큰 소리로 웃으며 사라져 갔다. 밖에서 문을 잠그지 않았나 보았다. 정 중위는 문을 두드렸다. 아무 소리도 들려오지 않았다. 또 두드렸다. 그러나 여전히 응답이 없었다. 슬그머니 문을 밀었다. 열렸다. 방은 전혀 정신병자의 그것처럼 보이지는 않았다. 탁자와 조그마한 소파가 중앙에 마련되어 있고 침대도 눈에 띄었다. 그리고 누구의 것인지 언제부터 걸려 있었는지 알 수 없는 낡은 풍경화도 한 폭 맞은편 벽에 걸려 있었다.

리빠똥 장군의 작고 똥똥한 체구가 등을 보이고 창가에 서 있었다. 그는 황막한 벌판에 눈을 던지고 있는 것 같았다.

"음, 왔군."

침묵을 깨뜨린 것은 장군이었다. 그러나 그는 몸을 움직이지 않았다.

"네, 연대장님. 정 중위입니더."

"알고 있어."

"……."

"저 아래 송 중령의 지프차에서 내리는 자네의 모습을 진작부터 보았지. 왜 왔는가?"

이윽고 리빠똥 장군이 몸을 돌렸다. 그의 모습은 조금도 달라진 데가 없었다. 흰색의 가운을 걸친 그는 예전보다 훨씬 고상한 티를 발하고 있었으며, 그의 두 눈도 한결 맑아 보였다.

"어떻게 지내시는가 알고 싶었습니더."

왜 왔느냐는 질문을 받았을 때 정 중위는 딱히 꼬집어서 대답할 말이 없었다. 게다가 리빠똥 장군의 태도는 너무나도 정중했고 사람을 압도하는 위압적인 풍모마저 지니고 있는 듯이 느껴졌으니까.

"거기 앉지" 하고 장군이 말했다.

그는 천천히 걸어와서 정 중위와 마주 앉았다. 그들은 말없이 침묵을 지키고 있었다. 겨울의 마지막 추위가 유리창을 스치고 지나갔으나 방 안에는 스팀이 돌고 있어 따뜻했다. 이렇게 장군과 마주 앉아 있으니까 역시 정 중위는 자기가 패배한 것을 느끼지 않을 수 없었다. '쪼인트 까기'로 유명하던 이 사람이, 자기를 미친 놈으로 취급하던 이 사람이, 연병장의 조그만 사금파리마저 주워 내라던 이 사람이, 준장으로 진급하기 위해 애를 쓰던 이 사람이, 그리고 오피에다 포를 쏘아 대던 이 사람이, 마침내 정신 병동 신세를 지게 된 이 사람이, 궁극적으로는 인간적인 사람임에 틀림없을 것 같았다.

"정 중위, 자네처럼 집요한 친구는 처음 보았어."

장군이 무겁게 입을 열었다.

"무슨 말씀이십니꺼?"

"끝까지 내 뒤를 쫓아오거든. 어쨌든 나는 처음부터 자네가 좋았었네. 나는 자타가 인정하듯 원래부터 희극적인 인간이었으므로 희극적인 자네를 달리 어떻게 대접할 도리가 없었어."

"그러시다면 죄송합니다만 언제부터 희극적이 되셨는데예?"

리빠똥 장군은 껄껄껄 웃었다.

"그것을 안다면 희극적으로 되지는 않았을걸세. 확실한 것은 나나 자네나 송 중령이나 법무관이나 군의관이나 모두 희극적 인간이란 말이지."

"무엇 때문일까요?"

"그것을 안다면 희극적으로 되지 않았을 거야."

장군은 다시 한 번 되풀이 말했다.

"그건 조직 가운데서 뭔가 엄숙하고 진지한 것들이 자꾸만 빠져나가고 있기 때문이 아닐까요?"

"글쎄, 아무래도 좋아. 이렇게 되어 버린 이상에는…… 하지만 자네는 자네가 처음부터 기도했던 하나의 목적을 성취할 수 있을지도 몰라."

"제가 뭘 기도했다는 말씀입니꺼?"

"자네, 시치미 떼지 마라."

그리고 장군은 탁자 앞으로 두꺼비 같은 얼굴을 내밀더니 조용한 목소리로 뇌까렸다.

"내 부탁 하나 들어주겠나?"

"가능한 것이라면 여부가 있겠십니꺼?"

그렇게 대답했으나 그의 표정은 겁먹은 듯이 보였다.

"물론 가능하지. 가능하고말고……."

"뭡니꺼?"

"권총을 가져오게."

"권총을예?"

"놀랄 것은 없어. 모두 정해진 제스처가 아닌가?"

"아, 그건 어려울 텐데예."

"시치미 떼지 마. 자네는 내 입에서 이 말이 나올 것을 기대해 본 적이 없나? 내 입에서 이 말이 나오지 않는다면 자네가 충동질을 하고 말겠다고 생각해 본 적이 없단 말이지? 리빠똥은 죽어 마땅하다고 말야."

"그건 옛이야기입니다. 오늘은 한없는 슬픔만이 가슴을 저미고 있을 뿐입니더."

리빠똥 장군은 정 중위의 두 어깨를 꽉 끌어 쥐고 이번에는 애걸하는 어조로 호소했다.

"내가 몸 바쳐 온 생의 터전은 모두 끝나 버렸어. 마누라에게서도 이혼하겠다는 내용의 편지가 왔지. 나는 단순하게 내 목숨만 끊으면 돼. 자네가 권총을 제공했다는 것이 탄로 나면 신변이 위험하겠지. 하지만 권총은 내가 처음부터 지니고 들어온 것으로 하면 되네. 권총은 연대장실 책상 가운데 서랍 안에 있네. 실탄 여섯 발과 함께. 여기 서랍 열쇠가 있으니 받아 가게."

장군은 자리에서 일어나더니 머리맡 시트 밑에서 열쇠 꾸러미를 가지고 왔다. 그중의 하나를 가리키며 그것이 연대장실 문을 여는 열쇠라고 말했다. 정 중위는 그것을 받았다.

그는 방을 나오자 생각했다. 연극은 목하* 점입가경이군.

12

밤이었다. 선임 하사관이 있는 방에서는 바둑판 때리는 소리가 일정한 간격을 두고 들려왔다. 아직 잠들을 자지 않고 있는 모양이었다. 그는 살그머니 당번 전령이 있는 방문을 열고 얼굴을 기웃거려 보았다. 칸막이가 가로막혀 서 있었기 때문에 그 안쪽에서는 어떤 상황이 벌어지고 있는지 알 수가 없었다. 그리 크지는 않았으나 코 고는 소리가 들려오는 것으로 보아 전령은 잠에 떨어진 것 같았다.

멀리서 보초병이 누구얏 하고 수하*하는 고함 소리가 들려왔다. 정 중위는 성큼 안으로 들어섰다. 왼쪽으로 돌아서면 칸막이 이쪽에 연대장실로 통하는 문이 있었다.

열쇠를 끼우고 틀었다. 짤카닥하는 소리가 났지만 전령은 듣지 못했는지 여전히 코를 골고 있었다. 방 안은 캄캄했다. 불을 켤까

---

* 목하: 바로 지금.
* 수하: 어두워서 상대편의 정체를 식별하기 어려울 때 경계하는 자세로 상대편의 정체나 아군끼리 약속한 암호를 확인하는 일.

생각하다가 보초병에게 들키면 안 되겠다 싶어 그냥 더듬거리며
책상 앞으로 다가갔다.

권총과 실탄 여섯 발은 정확히 가운데 서랍 속에 있었다. 그는
그것을 두 손에 움켜쥐고 한동안 주위 동정에 귀를 기울였다. 아
무런 변화의 조짐도 없었다. 그는 그것들을 품속에 넣었다. 다시
서랍을 잠그고, 문을 잠그고, 전령이 자고 있는 칸막이 앞에 이르
자 잠시 멈칫 서서 동정을 살폈다. 코 고는 소리는 여전히 들려오
고 있었으며, 선임 하사관실의 바둑알 두드리는 소리도 계속되고
있었다.

그가 수하하는 보초병들에게 신분을 속이면서 20리 길을 뛰어
병원에 도착한 것은 새벽 1시가 가까워 오고 있었을 때였다. 그는
병원 보초병에게도 요양 환자로서 외출했다가 늦었다고 적당히
꾸며 대고는 무사히 병원 안으로 들어갈 수 있었다. 리빠똥 장군
과 헤어지고 사흘이 지난 새벽이었다. 리빠똥 장군은 그를 기다리
고 있었는지 정장을 하고 있었다.

"자네가 돌아가고 난 날부터 계속 이 옷을 입고 있었네. 물론 가
지고 왔겠지?"

"네."

정 중위는 가슴속에서 권총과 실탄 여섯 발을 내놓았다. 그리고
좀 더 핼쑥해진 리빠똥 장군의 얼굴을 바라보았다. 그는 정 중위
에게 웃음을 보냈다.

"곧 가야 하겠지. 마지막이라고 생각하니 뭔가 자꾸 말하고 싶어지는군. 나는 많은 사람들, 특히 부하들에게 못된 짓을 많이 했네. 그러나 나는 아직도 그것이 꼭 내 죄라고 생각하고 싶지는 않군. 나처럼 잔인해질 수 있는 인간은 얼마든지 있을 것이니까. 그렇다고 해서 그것이 그들의 죄도 아닐 걸세. 우리는 좀 묘한 세상에 살고 있는 셈이지. 자, 그럼 지체하지 말고 돌아가게. 눈치를 채면 모든 것이 허사가 되니까."

"연대장님, 제 마지막 선물입니다."

정 중위는 윗주머니를 뒤적거리고는 한 쌍의 별을 꺼냈다.

"최후까지 날 조롱할 셈인가?"

그러나 장군은 흡족한 듯이 웃었다.

"참으로 희극적이군."

그리고 그는 대령 계급장을 떼고 그것을 대신 달았다. 왠지 전혀 어울리지가 않았다.

"자, 지옥에서나 만나지."

리빠똥 장군과 고릴라 정 중위는 악수를 나눴다. 꼭 죽음을 앞둔 사람이거나 그 죽음을 도우려는 사람 같지 않게 그들은 담담했다.

그러나 정 중위는 장군의 병실을 나섰을 때, 그의 등줄기에서 식은땀이 흘러내리는 것을 의식했다. 그는 아래층으로 내려서자 복도의 창문을 넘었다. 그리고 황막한 벌판을 뛰어 철조망 밑을 기어 나갔다. 거기서부터 논길이 시작되는 것이다. 정 중위는 논둑에 서서 불빛이 띄엄띄엄 빛나고 있는 병원 건물을 올려다보았다. 참으로 먼 곳에서처럼 땅 하고 한 발의 총소리가 들린 것은 바로 그 순간이었다. 오싹하는 전율이 전신을 타고 내렸다. 결국 죽었단 것이겠지.

다음 날 아침 부대에서 정 중위는 리빠똥 장군이 자살했다는 비보를 들었다. 머리에 권총 한 발을 쏘고 죽었다는 것이다. 그 사실은 연대 내에 구구한 억측을 자아내고 있었다. 그가 정말 미쳐서 발광을 했다 하기도 하고, 그의 부인이 그를 버린 데 절망해서였다기도 하고 별을 달지 못한 것을 원통히 여겨서라고도 했다.

그러나 아무도 그의 죽음의 의미를 똑똑히 가려내려는 사람은 없었다. 똑똑히 가려내려는 노력을 기울이지 않는다는 것은, 마땅히 죽어야 할 사람이 마지막에 현명한 방법을 택했다는 데로 귀결을 짓고 있음을 암시하는 것이었다. 상부에서나 수사 기관에서나 그의 옛 부하였던 사람들도 그의 죽음을 한결같이 당연한 종결로 취급하고 있었다. 다만 별을 달고 죽었다는 사실이 그 인물에 대해 희극적인 요소를 한층 돋우어 주는 데 기여했을 따름이었다. 아무도 그의 죽음을 확실하게 이야기할 사람이 없었다. 권총의 출처도, 그의 간단한 유서 속에 포함되어 있었다는 것이다.

본인 김수진 대령은 광인이 되기는 싫었으며, 군대를 떠나기는 더욱 싫었다. 본인은 아직도 본인이 옳았다고 생각하며 나쁜 점이 있었다면 본인이 살아가는 방법이 틀린 것이라고 사료된다. 이 살아가는 방법, 본인이 살던 조직 속에서는 어쩔 수 없이 택해진 것이다. 단지 수수께끼로 남는 것은 왜 본인만 파멸하는 것인가이다. 본인은 병원으로 오기 전에 이미 죽기로 작정했으므로 소지하고 온 권총으로 자살한다.

이 풀 수 없는 수수께끼 같은 유서도 한낱 그를 이야기하는 데 웃음거리로 등장하고 있었다.

그의 장례식은 간단하게 병원 시체실 옆에서 치러졌다. 애초에는 사단장으로 성대하게 계획되었으나 갑자기 취소되었다. 상부에서 그의 자살설이 외부로 나가는 것을 꺼려했기 때문이었다. 장례식에는 사단장과 부연대장을 비롯하여 송 중령 등 대대장급과 연대 참모들이 참석했다. 트럼펫의 구슬픈 조가가 울려 퍼지고 그의 영구가 차에 실려지자 정 중위는 장군이 있던 병실 쪽을 올려다보았다. 창문이 활짝 열려 있었다. 병사들이 창가에 붙어서 걸레로 유리창을 열심히 닦고 있었다. 거기에 한 인간이 죽어 갔다는 흔적은 아무것도 없었다.

정 중위는 리빠똥 장군을 실은 앰뷸런스가 병원 정문을 빠져나가는 것을 지켜보다가 섬뜩한 느낌에 시선을 돌렸다. 거기, 송 중령이 서 있었다. 정 중위는 두려워할 것이 없다고 생각했다.

"어이, 정 중위. 자넨 왜 저 앰뷸런스에 타지 않았나?"

송 중령은 야유하듯이 그에게 소리쳤다.

"가고 싶지가 않아서요."

정 중위는 그의 곁으로 다가갔다. 가까이 오는 정 중위를 향해서 그가 또 말했다.

"장군은 불쌍한 사람이었어."

"제가 알기로는 대대장님만큼은 못 되지만 용감한 사람이었던 것 같습니다."

정 중위는 이제부터는 발음을 정확히 해야 한다고 생각하면서 혀끝에 힘을 주어 말했다.

"아, 그런가?"

"대대장님."

정 중위는 그를 불러 놓고 차가운 시선으로 송 중령을 쏘아보았다.

"저는 아직도 연극을 진행 중입니다."

"뭐라구?"

송 중령의 파랗게 여윈 얼굴이 꽤나 놀라는 표정이었다.

"어쩌자는 거야?"

"부대로 돌아가시는 길에 저를 함께 태워 주십시오. 사단 본부에서 내리겠습니다."

"그래서?"

"헌병대로 가겠습니다."

194

"그건 왜?"

"장군에게 권총을 제공한 것은 접니다. 저는 장군의 죽음이 이렇게 조용히 끝나리라고는 생각지 못했습니다. 그것을 캐어 내기 위해서 저는 마땅히 체포될 줄 알았습니다. 병원에 장군이 있는 동안 그를 방문한 유일한 장교였으니까요."

"왜 무사히 넘어가는 사건에 대해 자승자박*하는가? 으흠, 그러고 보니까 이제 와서 자네는 나에게 적대감을 품고 있구면 그래. 그러나 그 누구도 이 조직의 틀을 인간 쪽으로 돌릴 수는 없어. 장군이나 자네나 나나 모두 틀에 얽매여 떠밀려 갈 뿐이야. 냉혹해질 수밖에 없어. 그 파도에서 헤어나려면……."

그러나 정 중위는 울부짖듯이 소리치고 있었다.

"저는 포기하지 않겠습니다. 차를 태워 주지 않으시겠다면 걸어서라도 가야겠습니다."

"정 그렇다면 타게."

송 중령은 못마땅한 듯이 볼멘소리로 내뱉었다.

---

*자승자박 : 자기의 줄로 자기 몸을 옭아 묶는다는 뜻으로, 자기가 한 말과 행동에 자기 자신이 옭혀 곤란하게 됨을 비유적으로 이르는 말.

강 건너 북촌

이별

비가 내리면서부터 이따금 심심풀이처럼 쏘아 대던 총소리도 멎었고 온통 사방은 억수로 퍼붓는 빗소리뿐이었다. 아내는 칭얼대는 아이에게 젖을 물렸다. 그러나 아이는 몇 번 빨다 말고 조바심을 내며 끙끙거렸다. 다른 젖꼭지를 물렸다. 역시 끙끙거렸다. 아이는 마침내 고개를 돌리고 발버둥을 치면서 울음을 터뜨렸다. 그녀는 자신의 메마른 젖통을 두 손으로 움켜잡고 아프도록 쥐어짰다. 젖은 방울지다가 멎고 말았다.

아이는 울다가 지쳐서 잠이 들었다. 다시 빗소리가 그녀의 가슴을 무겁게 내리눌렀다. 지게문에 번갯불이 번쩍거리고 지나갔다. 천둥이 쳤다. 와장창 하늘이 가라앉는 모양이었다. 빗소리에 섞여 수로 쪽에서 사내의 물 퍼내는 소리가 들렸다. 더억덕 뱃바닥*을 긁는 함지박 소리였다. 그녀는 가슴이 철렁 내려앉았다. 그녀는 아이를 아랫목에 눕혀 놓고, 문짝을 열고 마루로 나갔다. 밖은 칠흑같이 깜깜했다. 그녀는 두 손으로 가슴을 눌렀다. 심장이 쿵쾅거려서 견딜 수가 없었다. 누군가 뒤에서 목을 조르는 듯한 느낌이 들었다. 입 안에 침이 마르고 목구멍이 탔다. 그녀는 캑캑 밭은 기침을 하면서 부엌으로 들어가 물을 퍼마셨다. 사내가 철버덕거리며 삽짝 안으로 뛰어 들어왔다. 그는 찢어져 너덜너덜한 군용 우의를 벗어 마루 끝에 내어 던졌다.

"아무래도 다녀와야겠어."

사내의 목소리가 긴장감으로 떨고 있었다.

"비가 오는데 위험해요" 하고 아내는 사내의 옷자락을 움켜쥐었다.

"비가 오기 때문에 가는 거야. 하늘이 우리를 도우려는 거지. 이대로 굶어 죽을 수는 없잖아? 게다가 마을에는 염병이 돌고 있어. 기운을 차려야 병에도 걸리지 않는다더군. 뒷산허리에 올라가서 북촌집을 바라보고 있노라면 가슴이 답답해서 눈이 뒤집힐 지경이야. 그놈의 쌀독 묻어 두고 온 게 꿈자리에서도 보인다구."

"금세 돌아갈 수 있을 것이라구 믿은 게 잘못이었죠."

"그렇게 믿은 게 나뿐이었나? 강을 건너온 사람들 모두가 그랬지. 하룻밤 새 강에 휴전선이 그어질 줄이야 누가 알았겠어? 어쨌

*뱃바닥 : 옛날식 집의 벽, 기둥, 천장 따위에 여러 가지 빛깔로 그림이나 무늬를 그려 넣는 벽면.

198

든 가야겠어. 이제 곧 썰물일 테니까 물살을 타면 쉽게 건너갈 수 있을 거야."

"군인들이 말하는 소리 못 들었어요? 강을 건너가는 사람들은 총 맞아 죽게 될 거라는 소리 말이에요."

"이래 죽으나 저래 죽으나 마찬가지야. 한 가마니만 가져올 거야. 그러면 우리 식구가 두어 달은 버틸 수 있겠지."

사내는 성큼 마루로 올라섰다. 문짝을 열고 방으로 들어갔다. 아내가 따라 들어갔다. 가물거리는 등잔 불빛에 사내의 머리카락에서 흘러내리는 빗물이 아내에게는 꼭 눈물처럼 보였다. 그녀는 수건으로 사내의 얼굴을 닦아 주었다. 사내는 아내와 자고 있는 아이의 얼굴로 번갈아 눈을 굴리면서 말했다.

"걱정하지 마라. 새벽녘까진 너끈히 돌아올 수 있을 테니까."

사내는 아내를 덥석 끌어안았다. 수염이 자라 까칠까칠한 턱으로 그녀의 볼을 비볐다. 어젯밤만 해도 따갑다고 앙탈을 부리던 그녀였다. 그러나 이제는 가만히 있었다. 그녀는 염병에 걸려 죽거나 굶어 죽는다 해도 사내와 함께 죽고 싶었다. 그녀는 사내의 마음을 돌릴 수 없는 것이 안타까웠다. 어쩐지 남편은 돌아오지 못할 것 같은 불길한 생각이 들었다. 그녀는 그것을 말하고 싶었지만, 말하면 그는 방정맞다고 버럭 소리를 지를 것이다. 그녀는 사내가 없는 암담한 나날을 머리에 그려 보았다. 눈앞이 아슴아슴*해지더니 뜨

*아슴아슴: 정신이 흐릿하고 몽롱한 모양.

거운 눈물이 볼을 타고 흘러내렸다.

"바보처럼, 울지 마."

사내가 얼굴을 떼고 말했다.

"내가 쌀가마니를 짊어지고 돌아올 거라는 것만 생각하라구. 한결 마음이 가벼울 거야. 하얀 이밥*을 배불리 먹으면 젖도 흠씬 괼 것이고 녀석도 살이 통통 오르겠지."

아내는 그 말을 들으니까 더더욱 슬퍼져서 어깨를 들먹거리며 소리 내어 흐느꼈다. 사내가 울지 못하도록 입을 맞추었다. 그녀는 순간적으로 짜릿한 전율을 느끼며 사내의 목을 끌어안았다. 그렇게 하고 있는 동안은 모든 것을 잊을 수 있었다. 될 수 있으면 날이 밝을 때까지거나 비가 그칠 때까지 그렇게 부둥켜안고 있기를 바랐다. 그때에는 사내는 떠나는 것을 포기할 수밖에 없을 것이다.

그러나 사내는 그녀에게서 떨어졌다. 그는 무엇인가 잊은 것이 있는 듯이 벌떡 자리에서 일어나 부엌으로 나가더니 식칼을 가지고 들어왔다.

"그 칼은 무엇에 쓰려구요?"

아내가 눈을 휘둥그레 뜨고 물었다.

"호신용이야. 강 저쪽에 닿으면 찔러 죽일 놈이 생길지도 모르는 일이니까."

사내는 허리춤에 식칼을 질러 넣으며 말했다.

*이밥 : 멥쌀로 지은 밥.

"사람을 죽일 생각이군요?"

"내겐 전쟁 싸움이나 마찬가지야. 이건, 만에 하나, 만약에 경우인데 내가 돌아오지 않는다면…… 아니야, 그럴 리는 없어. 꼭 돌아올 거야."

사내는 무엇인가 할 말이 있는 듯이 보였으나 입을 다물어 버렸다. 그 대신 자기 목에 걸고 다니던 나무 도장을 끌러 냈다. 그는 꿰기 위해 뚫었던 구멍에서 끈을 풀어냈다. 그리고 도장을 방바닥 위에 세워 놓고는 허리춤에 꽂았던 칼을 도로 꺼내서 조심스럽게 도장을 반쪽으로 쪼갰다. 쪼개진 면은 결을 따라 뒤틀려 있었으나 각각이 훌륭한 반쪽짜리 구실을 했다.

"도장은 왜 쪼개요?"

오늘따라 사내가 하는 짓은 모두가 깜짝깜짝 놀랄 일들뿐이었다.

"반쪽은 녀석에게 달아 주라구. 옛날에 주몽도 유리 태자에게 이렇게 했다고 할아버지에게서 들었어. 그건 칼 동강이었다지만."

사내는 반쪽짜리 도장 구멍에 끈을 꿰고 다시금 그의 목에 걸었다. 그는 허리춤에 칼을 질러 넣고 무릎을 꿇고 앉아 잠든 아이의 얼굴을 잠시 내려다보았다. 그리고 너무 시간을 지체해서는 안 된다는 듯이 벌떡 일어나서 마루로 나갔다. 아내가 따라 나갔다. 또다시 번갯불이 번쩍거렸고 천둥이 울었다.

"나올 것 없어. 새벽녘엔 돌아올 테니까."

사내가 찢어진 비옷을 걸치며 말했다. 그러나 아내는 믿을 수가 없었다. 그녀는 반쪽짜리 도장을 손에 들고 땀이 나도록 꼭 쥐었다. 사내의 언행에 모순을 느꼈다. 어쩌면 사내는 겁을 먹고 있는지도 몰랐다. 사내가 삽짝 문 밖으로 철버덕거리며 걸어 나갔다. 그녀는 아무것도 받치지 않고 미친 듯이 사내를 쫓아갔다. 빗줄기가 그녀의 얼굴을 때렸다.

"안 돼요, 가지 말아요!"

그녀가 소리쳤다. 그러나 사내는 듣지 못한 듯이 한마디 대꾸도 없이 수로 둑을 넘어갔다. 그 둑 너머에는 한 달 전에 그들이 타고 왔던 조그만 배 한 척이 묶여 있었다. 사내는 그 배가 할아버지의 할아버지 적부터 물려 내려온 소중한 유물이라고 말했었다.

아내는 둑 위로 올라섰다. 사내가 막 배에 올라타는 모습이 어둠 속에 어른거렸다. 곧 삐거덕거리고 노 젓는 소리가 났고, 배는 어둠과 빗줄기 저쪽으로 미끄러져 나갔다. 그리고 아무것도 보이지 않았다. 수로는 꾸불꾸불 강을 향해 뻗어 있을 것이고, 그는 노 젓는 소리를 죽이며 어둠 속을 더듬어 가리라.

아내가 걱정했듯이 사내는 새벽녘까지 돌아오지 않았다. 비가 그치고 닦은 듯이 청명한 하늘에 해가 떠올랐어도 그는 돌아오지 않았다. 그녀는 기다리다 못해 아이를 들쳐 업고 밀물로 가득 찬 수로를 따라 둑길을 걸어 내려갔다. 바다로부터 밀려온 뻘물은 우중충하게 고여 있었고, 어디에도 사내가 갔다는 뱃자국은 없었다.

그녀는 강둑까지 나갔다. 강둑은 민간인 통제 구역이어서 함부로 올라갈 수 없다는 말을 들었지만 그런 것은 아무래도 좋았다. 둑에 올라서면 강 건너 북촌집이 서북쪽으로 비스듬히 바라다보였다. 마을에서 조금 떨어져, 야산 밑에 동녘을 보고 자리 잡은 외딴집이었다. 지붕에는 짚을 얹었고 기둥은 썩고 덩치는 작았으나 지난 1년 동안 사내와 사랑을 심었던 보금자리였다.

북촌에는 사람 하나 얼씬대지 않았다. 꼭 죽은 마을 같았다. 집들도 논들과 밭들도 떠나올 때 그대로였으나 사람의 그림자는 보이지 않았다. 팔을 뻗으면 잡힐 듯이 가까운 거리였다. 그러나 사내의 생사는 알 길이 없었다. 그녀는 서글픔이 북받쳐 오르자 자기도 모르게 두 손을 입에 모으고 소리 질렀다.

"여보!"

그것은 기적이었다. 아무리 가까운 거리라고는 하지만 사이에는 도도히 흘러가는 강물이 있었고 그녀의 목소리가 들릴 리가 없었다. 그런데 집 옆 느티나무 밑에 방금 전에도 없었던 사람이 하나 서 있는 것이 보였다. 그녀는 사내라고 생각했다. 사내는 흰 헝겊을 흔들고 있었다. 그녀도 손을 흔들었다.

"돌아와요!"

이번에도 사내가 그녀의 목소리를 들었을 것이라고 생각했다. 그녀는 사내가 흰 헝겊을 자꾸만 흔드는 것을 보고 그녀도 쉴 새

없이 손을 흔들었다.

"이봐요, 아주머니, 뭣 하고 있는 겁니까?"

그녀는 흠칫 놀라서 얼굴을 돌렸다. 군인 둘이 총을 들이대고 있었다.

"저기, 강 건너 외딴집이 보이죠?"

그녀는 울먹거리며 손을 들어 그녀의 집을 가리켰다.

"그 옆에 느티나무가 한 그루 서 있죠? 그 아래 무엇인가 흔들고 섰는 사람이 우리 남편이에요."

"외딴집과 느티나무는 보이지만 사람은 보이지 않습니다."

둘 중 키 큰 군인이 말했다.

"이 여자, 놈들에게 암호를 띄우고 있는 것 아닙니까? 애 엄마를 가장하고 말입니다."

키 작은 군인이 그녀의 턱을 치켜들고 무섭게 노려보았다.

"그런 것 같지는 않은데? 미친 여자인가 봐. 쫓아내. 높은 사람 보기 전에."

키 큰 군인이 말하자 키 작은 군인이 그녀의 어깨를 밀었다.

"어서 둑 아래로 내려가요."

그녀는 둑 아래로 떠밀려 내려가며 발악했다.

"아저씨들은 눈이 나쁜가 봐요. 제 눈에는 틀림없이 보인다구요."

그 후 그녀는 매일 강둑 위로 나갔다. 그러나 사내의 모습은 다시는 보이지 않았다. 그날 사내를 본 것은 아마도 허깨비를 본 것인지도 몰랐다. 그러나 그녀는 포기하지 않았다. 이제나 저제나 사내의 모습이 나타나지 않을까 기다리고 기다렸다. 군인들은 처음에는 그녀를 미친 여자로 취급했으나 그녀의 사연을 들은 뒤로는 그녀의 마음을 이해했다. 그들은 그녀의 맺힌 한을 위로하고 함께 가슴 아프게 생각했다. 그들은 불쌍한 여자에게 먹을 것을 주고 땔감을 마련해 주었다. 군인들은 해마다 바뀌었고 새로운 얼굴들이 왔지만 그녀에게 온정을 베푸는 일은 계속되었다.

그것은 10년쯤 지난 어느 날의 일이었으리라. 북촌에 갑자기 이상한 집들이 세워졌다. 집들이 있는 그 자리에 블록 벽돌 같은 것을 쌓는가 싶더니 온통 하얀 칠을 한 집들이 들어섰다. 그녀의 집도 예외는 아니었다.

"저게 어찌 된 일일까요?"

그녀는 둑 위에 서서 잠복 초소 근무 교대를 나가고 있는 군인을 붙들고 물었다.

"아주머니, 저건, 가건물이라는 거예요. 이쪽에다 헛선전을 하느라고 그럴듯하게 벽만 쌓아 올려 초가집들을 가려 버린 것이죠."

"그럼 우리 집엔 햇빛조차 들지 못하겠네요?"

"햇빛요? 그런 것은 문제가 안 됩니다. 놈들은 벌써부터 저 마을에서 주민들을 죄다 쫓아냈으니까 말입니다" 하고 군인이 말했다. 그녀는 절망했다. 그리고 다시는 강둑에 나가지 않았다.

화집점

남(南) 소위는 권총이 달린 탄띠를 허리에 차면서 김 상병에게
야전 상황판을 들고 따라오라고 말했다. 그는 내무실로 갔다. 내
무실은 현(玄) 소위의 부하들로 북적거리고 떠들썩했다. 북새통
에서도 남 소위의 대원들은 잠복 초소에서 돌아와 코를 골며 곤히
잠에 떨어져 있었다. 한 알의 밥톨이라도 놓칠세라 식기 긁는 소
리와 쩝쩝 먹는 소리와 식기 부딪는 소리와 선임자들의 고함치는
소리와 껄껄 웃는 소리와 병기를 덜거덕거리는 소리가 뒤범벅이
되어 신경이 곤두설 만큼 소란스러웠다. 현 소위는 막 식사를 끝
내고 있었다.

"잘 잤소, 현 소위?"

"네, 잘 잤습니다."

현 소위는 밥 덩어리를 목구멍 너머로 꿀떡 삼키면서 대답했다.

"자, 초소로 나가 봅시다. 우린, 모레 새벽에 출발합니다. 중대
장은 오늘 오전 중으로 모든 인계인수를 끝내고 합동 근무에 들어
가라고 지시했습니다. 오느라고 고단할 테지만 서둘러야겠어요"
하고 남 소위가 말했다.

"그러지 않아도 남 소위님에게 가려던 참이었습니다. 저도 어
서 인수를 끝내고 싶습니다."

206

그들은 내무실 막사에서 나왔다. 태양이 눈부시게 빛나고 있었다. 그들은 산을 오르기 시작했다. 남 소위와 현 소위가 앞장 섰고 김 상병이 뒤를 따랐다. 산은 점토로 이루어져 있었고, 얼었던 땅이 봄기운에 녹기 시작해서 길은 질척거리고 미끄러웠다. 그러나 그들은 젊은이들답게 기운차게 걸었고 곧 산마루에 올라섰다.

　"여기가 휴전선이자 우리들의 주 저항선이요" 하고 남 소위는 도도히 흐르는 강물을 가리켰다. 현 소위는 놀랍다는 듯이 말했다.

　"말만 들었지 실제로 보니 저쪽이 너무나 가까운데요? 웬만큼 헤엄을 칠 줄 알면 거뜬히 건너올 수 있겠습니다."

　"물론. 하지만 가슴에 철판을 깔지 않고는 건너올 수 없지요. 건너오지 못하게 하는 것이 우리들의 임무이니까요. 현 소위도 차차 알게 되겠지만 이 강물은 비정하고 말이 없어요. 전쟁 전에는 강폭이 고깃배로 가득 찼다고 하지만 지금은 물 위에 움직이는 것이라곤 아무것도 없어요. 인간과는 너무나 동떨어진 강입니다. 벌써 10년을 그렇게 흘러온 거죠. 그러나 물고기들에겐 더할 수 없는 낙원입니다. 세계 어느 곳에서도 이런 낙원을 찾지는 못하리라고 장담할 수 있지요."

　"그렇겠군요. 인수받을 기관총좌는 어디에 거치되어 있습니까?" 하고 현 소위가 물었다.

　"바로 요 밑입니다. 가 봅시다."

　남 소위가 앞장 서서 교통호*를 따라 산을 내려가기 시작했다.

"놈들에게 부대 교대가 있다는 것을 눈치 채게 해서는 안 됩니다. 놈들은 그것을 눈치 채기만 하면 이 시기를 놓치지 않으려고 들거든요. 놈들은 혼란한 틈을 타서 간첩들을 남파시키니까요. 교대 후 적어도 한 달은 잔뜩 긴장해 있을 필요가 있어요. 밤에 잠잘 생각은 아예 하지 말아야 합니다. 계속 순찰을 돌아야 해요."

남 소위는 선임자다운 충고를 잊지 않았다. 교통호는 지그재그로 구축되어 있었고 각을 이루는 곳마다 개인호를 파 놓았다. 남 소위의 대원들이 그들의 발소리를 듣고 이따금 수하를 해 왔다. 기관총 진지는 깎아지른 듯한 절벽 위에 자리 잡고 있었다.

"뭐 이상한 조짐은 없나?"

남 소위의 묻는 말에 망원경으로 적진을 관찰하고 있던 대원이 그에게 망원경을 건네주며 말했다.

"없습니다. 그런데 새끼들 웃기는데요? 소대장님, 망원경을 들여다보십시오. 새끼들, 간밤에 근무태만이었나 봐요. 기합을 받고 있습니다."

남 소위는 망원경을 들여다보았다. 북촌 마을 앞 강둑 위에 배낭을 짊어지고 총을 든 적군 아홉 명이 열을 지어 뛰어가고 있었다. 맨 뒤에는 몽둥이를 든 상급자 하나가 따라붙고 있었다. 그 꼬락서니를 보자니까 씨근덕거리며 뛰는 숨소리마저 들리는 것 같아서 저절로 웃음이 터져 나왔다. 그러나 그는 이내 웃음을 거두

*교통호 : 참호와 참호 사이를 안전하게 다닐 수 있도록 판 호.

208

었다. 무엇인가 가슴속에서 메슥거렸다.

"현 소위도 한번 보시오."

"육안으로도 보입니다만, 어디 자세히 볼까요."

현 소위가 망원경을 받아 들었다.

"이건 비극이군요?"

"웃지 못할 희극이지."

그때 강 건너 확성기에서 덜그럭거리는 소리가 났고, 이내 천편일률적이고도 선동적인 노랫소리가 흘러나왔다.

"또 시작이군" 하고 남 소위가 중얼거렸다.

"확성기는 어디에 위치하고 있습니까?"

"마주 바라다보이는 고지 꼭대기를 잘 봐요. 확성기가 보일 겁니다. 노래는 거기서 나와요. 우리 선임 하사관은 저놈의 소리가 듣기 싫다고 기관총으로 갈겨 버리자고 성화입니다. 지겹도록 듣게 되겠지만 이젠 만성이 돼서 아무렇지도 않아요. 놈들이 하는 소리는 그 소리가 그 소리이니까 말입니다."

아니나 다를까. 노래 몇 곡 끝나고 나더니 도전적인 여자의 목소리가 '남조선 전사 여러분' 어쩌구 하면서 나발을 불기 시작했다. 현 소위는 무슨 말을 하는가 귀를 기울이고 있는 표정이었다.

"신경 쓸 것 없어요. 그보다도 우선 상황판을 보도록 합시다."

남 소위가 김 상병에게 상황판을 받아 들어 펼쳤다.

"마을의 집들은 흰 페인트칠을 한 가건물입니다. 육안으로 얼핏 보면 벽돌로 쌓아 지은 그럴듯한 집들처럼 보이죠. 하지만 엉터리 선전물에 지나지 않아요. 망원경으로 자세히 봐요. 창문에는 유리가 끼워 있지 않고 허방처럼 뻥 뚫려 있어요. 그저 벽만 둘러친 겁니다. 그런데 다른 곳은 괜찮은데 한 군데 유념해 두어야 할 곳이 있어요. 마을에서 떨어져 있는, 느티나무가 한 그루 서 있는 저 독립가옥 말입니다. 거기가 좀 수상쩍은 곳이에요."

"왜 그렇습니까? 제가 보기엔 별로 이상스럽지 않은데 말입니다."

"아직은 몰라요. 유심히 관측하면 어느 때엔 놈들이 무더기로 쏟아져 나오는가 하면 어느 때엔 무더기로 사라지는 것을 볼 수 있어요. 첩보 분석에 따르면 터널 같은 게 뚫려 있다는 것입니다. 그러니까 기관총의 주 화집점은 바로 저 독립가옥입니다. 우리 기관총만이 아니라 상급 부대의 모든 화기 1문(門)*씩은 저 독립가옥을 목표로 화망이 구성되어 있습니다."

한동안 악을 쓰던 대남 방송의 확성기가 조용해졌다. 강물은 침묵을 지키며 흘렀고 강을 사이에 둔 산야는 정적에 묻혔다. 정오의 태양은 따사로웠다. 머지않아 녹음이 우거지면 강산의 경관은 더욱 아름다워질 것이다. 남 소위는 상황판과 대조해 가며 오전 내내 현 소위에게 자기의 책임 지역을 인계했다. 그는 돌아오는 길에 산을 넘다가 생각난 듯이 걸음을 멈추고 강을 돌아다보며 말

* 문(門) : 포나 기관총 따위를 세는 단위.

210

했다.

"참, 유의해 두어야 할 걸 빠뜨릴 뻔했습니다. 저 강물에는 한 달 전만 하더라도 얼음 덩어리가 떠다녔어요. 그러나 아무리 추운 날이라도 강은 결빙이 되는 일이 없습니다. 밀물과 썰물 때문이지요. 얼음 덩어리들은 상류에서 결빙되었던 것들이 녹아 깨어지며 흘러오는 것들입니다. 얼음 덩어리들이 오락가락 떠돌아다니는 장관을 달빛에 보노라면 일종의 감격을 느끼게 되지요. 뭐랄까, 북극에라도 와 있는 듯한 기분입니다. 헌데, 이따금 얼음 덩어리를 헤치고 강물을 거슬러 올라오는 괴이한 동물들을 보게 될 때가 있어요. 그것들은 떼를 지어서 와요. 머리를 수면 위로 들었다 물 속으로 박았다 하면서 마치 사람처럼 헤엄을 칩니다. 보통 처음에 온 신병은 그것들을 보고 놀라서 사격을 하게 되는데 그렇게 되면 전 부대가 시끄럽게 됩니다."

"그 동물이 무엇인데요?"

현 소위가 물었다.

"우리들은 물돼지라고 부릅니다. 하지만 그런 이름을 가진 동물은 사전에도 없는 걸로 알고 있어요. 내 생각에는 바다사자로 믿어지지만 말이에요."

"바다사자요? 그건 북극 지방에나 사는 동물이 아닙니까?"

현 소위는 잔뜩 의혹의 표정을 띠고 남 소위를 바라보며 고개를 갸우뚱거렸다.

"물론. 하지만 이건 내 추측인데 그놈들 중에 어떤 수컷이 이곳을 새로운 낙원으로 개척했는지도 모르죠. 베링 해협에서 오호츠크를 지나 동해를 경유해서 서해안을 따라 올라왔다. 그럴듯한 추측이 아닙니까? 떼를 지어 오는 것은 한 마리의 수컷이 여러 마리의 암컷을 거느리기 때문이라고 생각되는데."

남 소위는 자기의 생각을 열심히 설명했으나 현 소위는 그것들이 바다사자라는 것에는 끝내 동의하지 않았다.

소대장 벙커에 돌아오자 이미 점심 식사가 준비되어 있었다. 두 사람은 나무를 얽어 만든 간이 탁자를 사이에 두고 마주 앉아 점심을 먹었다. 식사가 거의 끝날 즈음 현 소위는 벙커 입구에 여남은 살 먹어 보이는 사내 녀석이 검정물을 들인 야전잠바를 길게 늘어뜨려 걸치고, 쭈뼛쭈뼛 서 있는 것을 보았다.

"저 앤, 웬 아이입니까?"

그 말에 남 소위가 아이를 돌아다보았다.

"오, 정섭이로구나? 이리 들어와."

녀석이 걸어 들어왔다.

"아저씨, 곧 떠난다면서요? 인사드리려구 왔어요."

녀석은 쭈뼛거리던 태도와는 달리 또렷또렷한 목소리로 힘주어 말했다. 그러나 녀석의 두 눈에는 이별의 슬픔이 깃들어 있었다.

"그래, 하지만 너무 애석해할 것 없어. 우리가 가고 나면, 여기, 이 아저씨가 널 보살펴 줄 거다. 현 소위, 하마터면 이 애를 인계하는 것을 잊을 뻔했습니다. 이 애의 이름은 김정섭이오. 작년에 어머니를 여의고 저 아래 수로 가 옆 낡은 집에서 고아가 되어 혼자 쓸쓸히 살아가고 있지요. 녀석은 저더러 고아라고 하면 딱 질색을 합니다만."

남 소위는 녀석의 뺨을 가볍게 꼬집어 주며 웃었다.

"우리 아버지는 북촌에 살아 있을 테니까 그렇죠. 엄마가 죽기 전에 말하셨는데 아버지는 꼭 돌아온다고 했대요, 쌀가마니를 싣고 말이에요."

녀석이 현 소위에게 꾸벅 인사를 하고 나서 말했다.

"그래, 네 아버지는 이북 땅 어딘가에 살아 계실지도 몰라. 그렇지만 북촌집에는 아무도 살지 않는다구."

"아니에요. 아버지는 그 집에 살고 있을 거예요."

녀석은 완강히 우겨 댔다.

"현 소위, 아까 내가 말했던 독립가옥 있지 않습니까? 녀석은 거기서 태어났대요. 그것도 녀석의 엄마가 녀석에게 들려주었다는 말이기는 하지만 말입니다."

"그 화집점의 독립가옥 말입니까?"

"그렇습니다."

"불행한 일이군요. 일단 유사시엔 그곳은 만신창이가 될 텐데."

"녀석에겐 마스코트가 있어요. 그것을 목에 걸고 있는 한, 아버지는 살아 있을 거라고 믿을 것입니다."

"무슨 마스코트입니까?"

현 소위가 호기심을 가지고 물었다.

"도장. 정섭아, 보여 주지 않겠어? 그래야 이 아저씨도 너를 잘 이해하시게 될 게다."

녀석은 다시금 쭈뼛거리더니 결심한 듯이 목에 걸고 있던 것을 벗어 냈다.

"이건 쪼개진 도장이 아닙니까?"

현 소위는 실망한 듯이 빤질빤질 때가 낀 도장을 요모조모 살펴보았다.

"김기업…… 터 기 자에 업 업 자……."

그가 중얼거렸다.

"그래요. 그것이 이 애 아버지의 이름이라지요. 나머지 반쪽은 아버지가 지니고 있대요. 자세한 것은 내가 떠난 뒤 천천히 녀석에게 물어보도록 해요."

"남 소위님, 제가 이 애를 위해서 할 수 있는 일이 무엇입니까?"

"굶지 않게 끼니를 대어 주고 책과 학용품을 구해 주는 일입니다. 녀석은 머리가 명석해서 공부를 썩 잘해요. 크면 자립해서 학교 선생님이 되어 이곳으로 돌아오겠다고 포부가 대단하지요. 아마 녀석을 돌보노라면 현 소위도 보람을 느낄 거예요."

이틀 뒤 새벽녘까지 남 소위와 현 소위는 완전무결하게 부대 교대를 마무리 지었고, 남 소위는 그의 대원들과 함께 떠나갔다. 다음 해에는 현 소위가 다른 후임 소대장에게 남 소위가 했던 것과 비슷한 인계 사항을 넘기고 떠나갔다. 인계 사항에는 역시 화집점과 바다사자와 정섭이라는 소년이 포함되어 있었다.

그러나 어느 해인가부터 인계 사항에 바다사자와 화집점은 포함되어 있었으나 소년은 끼어 있지 않았다. 아무도 화집점과 소년의 관계를, 아니 그런 소년이 있었는지조차도 모르게 되었다.

현 소위가 떠나고 십수 년이란 세월이 흐른 어느 해 2월이었다. 장(張) 이병은 M16 소총을 꽉 움켜잡고 잠복 초소에서 얼음 덩어리가 두둥실 떠내려 오는 강안*을 지키고 있었다. 눈꺼풀에는 잠이 쏟아졌지만 눈을 감을 수는 없었다. 그때 그는 마른 갈대밭 사이로 무엇인가 밀물을 타면서 푸푸, 숨을 몰아쉬고 머리를 박았다 들었다 하며 강을 거슬러 오는 물체를 보았다. 그는 바다사자라고 생각했다. 그러나 다음 순간, 생각을 고쳐먹었다. 바다사자는 떼를 지어 다닌다는데 그놈은 혼자였다. 수하를 했으나 응답이 없었다. 간첩이라고 생각했다. 그놈이 머리를 들어 올리는 순간, 그는 방아쇠를 잡아당겼다.

바다사자

그림 시간이었다. 젊은 선생님은 아이들에게 그림을 그리라고

* 강안: 강기슭.

해 놓고 자기도 창밖을 바라보며 크레파스를 들고 도화지 위에 그림을 그렸다. 선생님의 눈은 먼 데를 바라보고 있었다. 그의 눈동자는 그림을 그리기 위해서 무엇을 보고 있다기보다는 그 대상에 대해서 깊은 회한에 빠져 있는 것 같았다. 꼭 그림 시간만이 아니었다. 선생님은 다른 시간에도 이따금 창가에 서서 강 건너 쪽을 바라보았다. 그쪽에 시선을 던지다가도 무심코 가슴속에서 반쪽짜리 도장을 꺼내 열심히 들여다보았다.

아이들은 부임해 온 지 몇 달 되지 않은 이 젊은 선생님이 어디를 바라보는지 알고 있었다. 아이들의 교실 유리창은 북으로 나 있었고, 그 유리창을 통해서 두 개의 산모퉁이 사이로 강둑과 강물이 흐르고 있는 것이 보였다. 그 강을 건너 똑바로 바라다보이는 이북 땅에 흰 페인트칠을 한 외딴집이 있었다. 선생님은 거기를 바라보고 있었다.

갑자기 강둑 위에 총을 메고 삽을 든 군인들이 나타났다. 잠시 뒤에 그들은 둑을 넘어 산모퉁이 사이의 도로 쪽으로 내려왔다. 그들은 도로를 따라 이쪽으로 오고 있었다. 군인들의 뒤로 민간인들이 꼬여들었다. 무엇인가 사건이 벌어진 모양이었다. 교실 안의 아이들이 술렁거리기 시작했다.

이윽고 쉬는 시간을 알리는 종이 울렸다. 아이들은 선생님이 뭐라고 말할 사이도 없이 우르르 밖으로 몰려 나갔다. 무엇인가 구경거리가 생긴 것이다. 그러나 반장 아이는 그때까지도 그림에 열중하고 있는 선생님에게 더 관심이 끌렸다.

선생님의 그림 속에는 흰 페인트칠을 한 가건물이 들어갈 자리에 게딱지처럼 작은 초가집이 들어가 있었다. 그 옆 느티나무 아래에는 사람이 하나 서서 하얀 헝겊을 흔들고 있었다. 반장 아이는 선생님의 그림을 들여다보면서 물었다.

"선생님, 거기엔 초가집이 아니라 가건물이 서 있어야 맞잖아요?"

반장 아이는 선생님에게 들어서 가건물이 무엇인지 알고 있었다.

"그래, 가건물이 서 있지. 그렇지만 옛날엔 이 자리에 이렇게 생긴 초가집이 있었단다."

"그리고 여기 이 사람은요? 가건물에는 사람이 살지 않는다고 말씀하셨는데."

"그랬지. 허지만 선생님은 왜 그런지 사람이 살고 있을 것만 같은 생각이 들어."

선생님이 쓸쓸히 말했다.

"그런데 선생님은 왜 저 집만 그리세요? 딴 것도 좀 그리시지 않구."

아이는 선생님을 힐난하고 있었다.

"저쪽엔 괴뢰군들만 득시글거린대요."

"선생님도 그건 알고 있어. 선생님이 저 집을 그리는 것은 선생님이 태어난 집이기 때문이야."

반장 아이는 놀라서 새삼스럽게 선생님을 쳐다보았다.

"언제 건너오셨는데요?"

"한 살 때…… 그리고 여기 이분이 우리 아버님이야. 쌀을 구하러 강을 건너가셨다가 그만 돌아오시지 못한 거지. 선생님이 어렸을 때 어머님이 보았대. 건너오시지 못하고 이렇게 애타게 손만 흔들고 서 계신 것을 말이야."

힐난하던 아이가 돌연 눈물을 글썽거리며 알았다는 듯이 고개를 끄덕거렸다.

"너, 울고 있니?"

선생님은 그림에서 손을 떼고 아이의 얼굴을 들여다보았다.

"울 건 없다. 선생님에게도 언젠가는 이 그림을 그만 그릴 날이 오겠지. 이까짓 것 자꾸만 그려 보았자 가슴만 아픈 일이야. 너희들이 있는 한, 선생님은 외롭지 않아. 허지만 사람이란 자기가 태어난 곳을 소중히 생각하고 그리워하는 법이란다. 너도 크면 알게 될 거야. 네가 어디에 가 있더라도 네가 태어난 이 마을을 그리워할 거야."

아이는 눈물을 훔치고 선생님을 올려다보았다.

"휴전선이 없어지면 저는 선생님을 따라 선생님이 태어나신 집에 가 보겠어요."

"옳지, 그러자꾸나. 배를 타고 저 강물을 건너가는 재미가 무척

218

기분 좋을 거다. 언제 그날이 올지는 알 수 없지만……."

선생님은 창밖으로 시선을 돌렸다. 일단의 군인들과 뒤따르는 구경꾼들의 모습을 어림짐작할 수 있을 만큼 거리가 가까워졌다. 군인들은 앞뒤로 들것 같은 것을 들고 있었다. 그 위에 무엇인가가 실려 있었다. 아이들이 그쪽으로 몰려갔다. 시작종이 울렸으나 아이들은 좀처럼 학교로 돌아오지 않았다.

"안 되겠다. 아이들을 불러와야지."

선생님은 그리던 그림을 탁자 위에 놓아둔 채 반장 아이를 데리고 밖으로 나갔다. 2월도 중순이 넘었지만 아직 쌀쌀한 바람이 옷깃 속을 파고들었다. 선생님을 보고 몇몇 아이들이 돌아오고 있었다.

"간첩인가 봐요. 머리가 묵사발이 되었다던대요."

한 아이가 알은체를 하며 지껄여 댔다. 선생님은 아이들을 불렀다. 아이들이 선생님의 눈치를 보면서 슬금슬금 모여들었다. 선생님은 아이들이 그런 데에 관심을 갖는 것은 좋지 않은 일이라고 말했다. 그러나 아이들은 학교로 돌아가는 길에도 여전히 죽은 사람에 대한 이야기로 쑤군거렸다.

"간첩은 물에 젖지 않도록 온몸을 비닐로 감싸고 있었대."

어떤 아이가 그렇게 말했다.

"아무리 그렇더라도 얼음 덩어리가 떠다니는 차가운 강물을 어떻게 건너왔을까?"

또 다른 아이가 받았다. 선생님은 우울한 얼굴로 아이들의 뒤를 따라 걸었다. 아이들 속에 섞여 있던 반장 아이가 한 덩치 큰 아이와 함께 뒤처져 오는 선생님을 기다리고 있었다. 덩치가 큰 아이는 반에서도 이름난 장난꾸러기였다.

"선생님, 얘가 선생님께 여쭐 말씀이 있대요."

반장 아이가 장난꾸러기를 턱짓으로 가리키며 말했다.

"무슨 말인데?"

그러나 장난꾸러기는 얼른 입을 열려고 하지 않았다.

"어서 말해 봐."

장난꾸러기는 매우 침울한 눈빛으로 선생님을 올려다보았다. 아이가 그런 표정을 띤 적은 없었다. 선생님은 무엇인가 심상치 않은 것을 눈치 챘다.

"저, 선생님이 화를 내시지 않는다면 말하겠어요."

"그래 화를 내지는 않을 테다."

"저 죽은 사람 말인데요."

장난꾸러기는 떠듬거리며 공동묘지 쪽을 가리켰다. 군인들은 묻을 자리를 찾았는지 한 군데 멈추어 있었다.

"죽은 사람이 목에 선생님 것과 똑같이 생긴 도, 도장을 차고 있는 걸 보았어요."

아이는 말을 해 놓고 선생님의 얼굴을 쳐다보며 겁에 질려서 부들부들 몸을 떨었다.

"그게 정말이야?"

선생님은 아이의 어깨를 부여잡고 무섭게 흔들었다. 장난꾸러기는 그렇다고 고개를 끄덕거렸다. 그러자 선생님이 되돌아서서 공동묘지를 향해 뛰기 시작했다. 아이들이 따라갔다. 논둑과 밭고랑을 지나 엎어지며 넘어지며 정신없이 뛰었다. 이마와 콧등에 땀이 솟고 등 속이 후끈거리며 땀으로 젖었다.

삽과 곡괭이로 땅을 파고 있는 군인들이 바로 눈앞에 보였다. 하사관 한 사람이 선생님을 제지했다.

"당신은 누군데 아이들을 끌고 여길 함부로 올라오는 거요?"

"저 시체 좀 보려구요. 혹시……."

"혹시 뭡니까? 당신 아버지라도 된다는 말입니까?"

하사관이 귀찮다는 듯이 딱딱거리며 을러댔다.

"제 아버지일지도 몰라서……."

"이거 웃기는군. 죽은 사람은 저쪽에서 온 겁니다. 당신과는 아무런 상관이 없어요."

하사관은 강 건너쪽을 가리켰다. 소위 계급장을 단 장교가 그들에게로 다가왔다.

"왜들 이래?" 하고 장교가 물었다.

"아, 글쎄 이 사람이 저 시체가 자기 아버지일지도 모른다고 생떼를 쓰는데요?"

그러자 장교가 말했다.

"아버지가 강 저쪽에 살고 계셨다는 말입니까?"

"그렇습니다."

선생님은 침을 삼키며 다급하게 말했다.

"그래요? 그렇다면 헤어진 지가 꽤 오래되었을 텐데 알아보시겠어요?"

선생님은 목에서 때가 빤질빤질 빛나는 반쪽짜리 도장을 끌러냈다.

"죽은 사람 목에 이 도장과 똑같이 생긴 도장이 걸려 있었다는 대요?"

장교와 하사관이 눈을 휘둥그렇게 떴다. 장교가 하사관에게 소리쳤다.

"그걸 가지고 와 봐."

하사관이 반쪽짜리 도장을 가지고 왔다. 장교는 반쪽짜리 도장을 한 손에 하나씩 들고 서로 맞추어 보았다.

"김기업……" 하고 장교가 도장의 이름을 읽으며 중얼거렸다.

"그게 제 아버지 이름입니다" 하고 선생님이 말했다.

"시체를 보고 싶으면 봐도 좋아요."

이윽고 장교는 허락했다. 그러나 선생님은 발걸음이 차마 죽은 사람 쪽으로 떨어지지가 않는 것 같았다. 그는 두 손으로 얼굴을 감싸고 소리를 죽이며 오열했다.

"죽은 사람은 간첩으로 온 것인가요?"

"그건, 알 수 없죠. 몸에 지니고 있었던 것은 이 도장 쪼가리뿐이었으니까요. 우리가 분명히 말씀드릴 수 있는 것은 이렇습니다. 얼음 덩어리가 떠다니는 강물 속을 헤엄칠 수 있는 것은 바다사자밖에 없다는 것 말입니다. 사흘 전 새벽녘에 우리 중대 대원 하나가 수상쩍은 물체에 사격을 가하기는 했습니다. 수하를 했지만 응답이 없었어요. 대원이 쏜 건 바다사자였을 겝니다. 만약에 귀순자라면 대꾸를 했을 텐데 말입니다" 하고 장교는 두 짝의 도장을 그에게 건네주었다.

"그럼 총을 맞고 죽은 것이 분명한 사람에 대해서는 어떻게 설명할 수 있을까요?"

선생님은 비통한 목소리로 물었다.

"놈들에게 맞았을지도 모르는 일입니다. 시체가 밀물과 썰물에 흘러 떠다니다가 이쪽 강안에 걸릴 수도 있으니까요."

선생님은 강 쪽으로 시선을 돌렸다. 아이들도 그쪽으로 눈길을 던졌다. 얼음 덩어리들이 햇빛에 눈부시도록 반짝거리며 하얗게 떠 있는 풍경이 공동묘지에서는 더욱 잘 보였다.

김용성 연보

1940년　11월 22일 일본 고베에서 아버지 김명수와 어머니 강신원 사이에서 3남매 중 장남으로 출생.

1945년(5세)　고베에 미군기의 공습이 심해져 6월 가족이 귀국, 서울 궁정동에 거주함.

1947년(7세)　우리말과 글에 서툰 채 삼청초등학교 입학. 언어 장애가 해소된 것은 2학년 때였음.

1954년(14세)　전쟁으로 한 해 쉰 탓에 1년 늦게 초등학교 졸업하고 배재중학교 입학.

1957년(17세)　학비 때문에 국비 학교인 국립교통고등학교 업무과 입학. 소설 쓰기에 매력을 느낌. 대학에서 시행하던 학예 문예작품 공모에 두어 번 입선.

1960년(20세)　국제대학 영문학과에 입학. 한국일보의 6백만 환 현상 장편 소설 공모를 목표로 하여 대학 도서관에서 소설 쓰기에 몰두함.

1961년(21세)　한국일보 장편 소설 공모에 『잃은 자와 찾은 자』가 당선되어 등단.

1962년(22세)　황순원 선생께 청원하여 경희대학교 영문학과로 옮김.

1964년(24세)	해병대 간부 후보생으로 지원 입대.
1969년(29세)	이근희와 결혼. 한국일보 기자로 입사.
1971년(31세)	한국일보사 퇴사.
1972년(32세)	장편 『잃은 자와 찾은 자』(삼성출판사) 출간.
1973년(33세)	『한국 현대문학사 탐방』(국민서관) 출간.
1975년(35세)	첫 창작집 『리빠똥 장군』(예문관), 장편 『리빠똥 장군』 (예문관) 출간.
1976년(36세)	창작집 『홰나무 소리』(현암사) 출간.
1977년(37세)	창작집 『화려한 외출』(갑인출판사) 출간.
1978년(38세)	장편 『내일 또 내일』(현암사), 장편 『야시』(우일문화사), 장편 『오계의 나무들』(월간 독서사) 출간.
1980년(40세)	'작단(作壇)' 동인 가입. 장편 『떠도는 우상』(현암사), 장 편 『그것은 우리도 모른다』(문음사) 출간.
1981년(41세)	장편 『나신의 제단』(고려원), 중편집 『밀항』(우석) 출간.
1982년(42세)	경희대학교 대학원 국문학과 석사 과정 입학.
1984년(44세)	『도둑 일기』로 제29회 현대 문학상 수상. 장편 『도둑 일 기』(현대문학사) 출간. 경희대학교 대학원 박사 과정 입 학. 『한국 현대문학사 탐방』 증보판(현암사) 재출간.
1985년(45세)	장편 『잃은 자와 찾은 자』(중앙일보사) 출간. 인하대학교

전임 강사.

1986년(46세) 단편 「아카시아 꽃」으로 제1회 동서 문학상 수상. 창작
집 『탐욕이 열리는 나무』(문학사상사) 출간.

1987년(47세) 논문 「한국 소설의 시간 의식 연구」로 문학 박사 학위
취득.

1988년(48세) 인하대학교 국어국문학과 조교수.

1989년(49세) 창작집 『슬픈 양복 재단사의 나날』(청림출판사) 출간.

1990년(50세) 장편 『큰 새는 나뭇가지에 앉지 않는다』(문학세계사) 출간.

1991년(51세) 장편 『큰 새는 나뭇가지에 앉지 않는다』로 제12회 대한
민국문학상 수상.

1992년(52세) 콩트집 『고장난 시계는 고쳐서 씁시다』(관출판사) 출간.
장편 『도둑 일기』(전 2권. 동서문학사) 재출간. 『한국소
설의 시간의식』(인하대출판부) 출간.

1994년(54세) 인하대학교 국어국문학과 부교수.

1998년(58세) 장편 『이민』(전 3권. 밀알출판사) 출간. 인하대학교 인문
학부 정교수.

2004년(64세) 장편 『기억의 가면』(문학과지성사) 출간. 『기억의 가면』
으로 제7회 김동리 문학상, 제21회 요산 문학상, 제17회
경희 문학상 수상.

2005년(65세) 장편 『촉각』(문학나무) 출간. 인하대학교 명예교수

리빠똥 장군

초판 1쇄 인쇄일 · 2006년 2월 10일
초판 1쇄 발행일 · 2006년 2월 15일
지은이 · 김용성
펴낸이 · 임성규
펴낸곳 · 문이당

등록 · 1988. 11. 5. 제 1-832호
주소 · 서울시 성북구 동소문동 4가 111번지
전화 · 928-8741~3(영) 927-4990~2(편)
팩스 · 925-5406
ⓒ 김용성, 2006

홈페이지 http://www.munidang.com
전자우편 webmaster@munidang.com

ISBN 89-7456-329-0 83810